HANS DIENSTKNECHT

VERLASSE DICH AUF DEINES HERZENS LEISEN KLANG

VOM ERBLÜHEN DER SEELE

Vom gleichen Autor erschien außerdem:

Alles endet im Licht - Die Suche nach der Wahrheit

Hans Dienstknecht

Verlasse dich auf deines Herzens leisen Klang

Vom Erblühen der Seele

Gedichte

Wo willst du hin? Du läufst erschreckt.
Hat dich ein Rufen aufgeweckt?
Traf ein Gedanke dich, ein Wort?
Dann halte stille, halte ein,
laß deinen Rufer Mahner sein!
Und lauf nicht vor dir selber fort.

1. Auflage Juli 1998

Druck: OFFSET DRUCKEREI POHLAND, Augsburg
Verlag: Hans Dienstknecht, Bürger-Verlag
74196 Neuenstadt-Bürg, Gutshofstr. 7
ISBN 3-9806345-0-7

Inhaltsverzeichnis

Für Dich

An den Glockenspieler

Ungezählte Freiheitsglocken schwingen
unerkannt im weiten Erdenrund.
Hörst du, wie sie leise rufend klingen
und gemeinsam diese Weise singen?
Wie sie dir die eine Wahrheit bringen,
unverfälscht aus ihres Meisters Mund?

Nur der Meister kann die Glocken spielen,
keine Glocke tönt aus sich allein.
Eine jede aber dient den vielen,
die sie ruft aus ihres Treibens Mühlen,
deren Blick sie lenkt zu gleichen Zielen:
himmelwärts - und doch in sich hinein.

Also hat zwei Seiten auch dies' Ding

Kennst du Gottes Plan für dieses Leben?
Oder scheint das Denken zu gewagt,
irgend etwas wäre vorgegeben?
Hat man dich denn überhaupt gefragt?

Noch ist dir der Plan vielleicht verborgen,
doch es gibt ihn - und er ist für dich.
Nur für dich! Vertreibt das deine Sorgen?
Oder geht das gegen deinen Strich?

Du mußt diesen Plan nicht akzeptieren
- „oben" hast du aber zugestimmt -,
du kannst dich verweigern oder zieren.
Was wär' schlecht? Was gut? Wie man es nimmt.

Schlecht wär's, weil es etwas länger dauert.
Gut wär's, weil es etwas rascher ging,
und man deshalb nicht so schnell versauert.
Also hat zwei Seiten auch dies' Ding.

*

Das Licht war plötzlich wieder da. Seine Liebe und Wärme strahlten mir entgegen und hüllten mich ein.

Bist du bereit?

Natürlich war ich bereit. Viel zu sehr hatte ich mich auf mein Licht gefreut. Was würde mich diesmal erwarten?

Es ist sinnvoll, sich selbst einige Regeln zu geben. Die meisten Menschen tun dies nicht.

Gehörte ich auch dazu? Manchmal schon.

Sie laufen deshalb Gefahr, sich sehr schnell aus der Logik ihres Denkens zu entfernen - auf die sie oft so stolz sind.

Warum fühlte ich mich so angesprochen, obwohl das Licht doch in allgemeiner Form sprach?

Laß uns deshalb, in deinem Interesse, eine Vereinbarung treffen.

Jetzt wurde es spannend. Ich war ganz Ohr und stimmte zu.

Wenn du dir eine Basis erarbeitet hast, die für dich und deine Lebensanschauung richtig und wichtig ist, dann lasse nicht zu, daß du im weiteren Verlauf deines Lernens und Erkennens diese Basis wieder verläßt.

„Warum sollte ich? Wenn ich etwas einmal als richtig erkannt habe - daß beispielsweise 2 x 2 = 4 ist -, dann gehe ich doch nicht mehr davon ab. Im Gegenteil: Ich baue meine weiteren Lernschritte darauf auf."

So sollte es sein, und so wäre es richtig. Leider sieht eure Wirklichkeit anders aus.

Ich ahnte zwar, auf was mein Licht hinauswollte, konnte es aber noch nicht richtig fassen.

Ich will dir ein Beispiel geben. Bleiben wir bei deiner Mathematik. Wenn du die Logik deines Rechenschemas nicht verläßt, sind unter anderem 8 x 8 = 64. (Wo war das Problem?) *Wenn dir nun aber das Ergebnis nicht gefällt, egal aus welchen Gründen, scheint es das einfachste zu sein, das ganze Schema in Frage zu stellen bzw. abzulehnen.*

„Aber das macht doch keiner", warf ich ein. Geduld strahlte mir entgegen.

Beim Rechnen sicherlich nicht, weil jeder weiß, daß er sich blamieren würde. Aber wie sieht es im Leben aus? Bist nicht auch du schon oft hinter die von dir als richtig erkannten und verkündeten Linien zurückgegangen? Weil dir die Schlußfolgerungen nicht behagt oder gepaßt haben, die sich für dich ergaben - wenn du sie denn gezogen und anerkannt hättest? Warst du zu einem Umdenken und anderen Verhalten immer bereit?

Mein Licht kannte mich - wie lange schon? Seit Ewigkeiten. Ich nahm daher an, daß die Frage rein rhetorisch gemeint war und verzichtete auf eine direkte Antwort. Statt dessen sagte ich:

„Ich glaube, ich habe dich verstanden. Man kann nicht sagen, daß man an Gott glaubt, und daß Er die Liebe ist - und gleichzeitig annehmen, daß Er ungerecht ist. Nur weil man vieles, was einem auch persönlich widerfährt, nicht einordnen kann und nicht versteht." Ich machte eine kleine Pause und dachte nach. Das Licht ließ mich gewähren.

„Wenn man mangels Erklärung oder Erkenntnis tatsächlich glaubt, daß Gott ungerecht ist, lehnt man Ihn damit gleichzeitig auch als die Liebe ab. Ja, man lehnt Ihn eigentlich selbst ab ..."

... und hat damit die Basis verlassen und ist hinter die zuvor schon akzeptierte Linie zurückgegangen, ins Niemandsland. Nur weil man die angebliche Ungerechtigkeit sieht, die einzig logische Erklärung der Reinkarnation aber ablehnt. Die Schlußfolgerung zu ziehen, daß die Liebe auch die Gerechtigkeit sein m u ß , und daß es dann auch eine Erklärung geben m u ß , hätte vielleicht Konsequenzen, mit denen man sich nicht auseinandersetzen möchte. Jetzt hast du mich verstanden.

„Und was für eine Vereinbarung schlägst du vor?"

Daß du bei dem, was wir gemeinsam erarbeiten, nicht hinter „deine Linie" zurückgehst, sondern den Mut aufbringst, auch anscheinend nicht ganz so angenehme Ergebnisse wenigstens in der Theorie zu akzeptieren. Ob du sie dann umsetzt, ist deinem freien Willen überlassen.

Ich akzeptierte. Es schien mir logisch. Und ich war gespannt, auf was ich mich da eingelassen hatte.

Ein Lied aus alten Zeiten

Als ich Dich - lange suchend - fand,
mein Herz, mein Leben ohne End',
bekam das Haus, bisher auf Sand,
durch Dich ein festes Fundament.

Was unerfüllt, nur scheinbar froh,
begann zu fragen, zögernd noch,
fing an zu wachsen ebenso
wie all Dein Rufen: Lebe doch!

Du kamst als Licht in meine Welt,
noch warst Du klein; doch war vorbei
das Dunkel, das Du nun erhellt,
auf daß ich sehend wurd' und frei.

Ich kann kein Hohes Lied Dir singen;
ich bin es, der heut' klein sich fühlt,
doch will ich Dir das Wenig' bringen,
das meine Sehnsucht für Dich spielt.

Es ist ein Lied aus alten Zeiten,
das gültig alle Ewigkeit,
Dir soll es Deinen Weg bereiten,
geliebte, heilige Herrlichkeit.

Ich will mein kleines Herz Dir geben
und mehr noch, Liebster: Ich für Dich.
Und wenn Du magst, dann sei es eben,
so wie ich's kann, auch: Du durch mich.

Und sei gewiß, Mein Kind: Ich Bin

Verzagt war ich, allein. Ich schrie:
Wo bist du, Gott? Ich sah dich nie,
noch hört' ich deiner Stimme Laut!
Warst du mir wirklich je vertraut?

Ich Bin es, der sich in dir regt,
der dich und deine Zweifel trägt.
Ich sage dir: Dich trügt der Schein,
noch nie, Mein Kind, warst du allein.

Ich kämpfe, warte, hoffe, ringe
und weiß nicht mehr um all die Dinge,
die einst in meiner Seele Grund
von Seiner Größe taten kund.

Ich Bin der Anfang, Bin das Ende,
Ich trage dich. Und Meine Hände
verloren und verlieren nicht,
was lebt in Meinem Angesicht.

Nicht geb' ich auf, noch halt' ich still.
Ich weiß nicht, was die Seele will,
doch laß ich ihren Ruf hinaus:
Zurück. Wohin? Zu Dir nach Haus?

Ich Bin es, der den Weg dir bahnt,
der dich beschützt, dich leise mahnt,
dich tröstet, dir die Kraft verleiht,
Ich Bin es auch, der dir verzeiht.

So will ich Deine Wege geh'n,
will fragen, hören, will versteh'n.
Ich lasse meinen Menschen los
und leg', noch scheu, mein Inn'res bloß.

Ich Bin es, der dein Wesen kennt,
der dich bei deinem Namen nennt,
der deine Liebe sah und sieht,
und was geschah, und was geschieht.

Ich Bin es, der Dein Sehnen stillt.
So laß Mich tun! Sei du gewillt,
gib Mir dein Denken, deinen Sinn
und sei gewiß, Mein Kind: Ich Bin.

*

Die Sehnsucht ist der Schlüssel, der dich finden läßt

Du möchtest wirklich finden, Kind? Dann mach' dich auf
und gehe suchend Schritt für Schritt auf deinem Weg.
Und du wirst finden! Denn die Spur, die Ich dir leg',
führt dich zurück zu Mir. Du wartest noch? Worauf?

Die Suche scheint nicht leicht, oft voller Müh' und Last?
Wie willst du finden, wenn du zweifelnd stille stehst?
Wenn du, statt Mich zu suchen, deine Wege gehst,
für die du freien Willens dich entschieden hast?

Ich sprach, daß jeder, der Mich sucht, Mich finden wird.
So kann kein Zweifel daran sein, daß dies geschieht,
und daß Mein Herz auch dich und jeden an sich zieht,
der liebt und voller Sehnsucht sich an Mich verliert.

Die Sehnsucht ist der Schlüssel, der dich finden läßt,
und Ich Bin es in dir, der dein Bemühen trägt.
Ich Bin es, der sich stark und tröstend in dir regt,
und wenn du schwankend wirst, dann halte Ich dich fest.

Du willst Mich finden, Kind? Dann komm und tu den Schritt,
laß deiner Sehnsucht freien Lauf und zög're nicht
und finde so zu dir und Mir zurück - ins Licht.
Und sei, was auch geschieht, gewiß: Ich gehe mit!

Mein kleines Ja

Auf Dich, Herr, warte ich geduldig,
bin ich Dir Herz und Hand doch schuldig
und mehr noch: Alles was ich bin.
Ob in des Tages lauten Stunden,
des Nachts, wenn mich der Schlaf gefunden -
zu Dir erheb' ich meinen Sinn.

In Liebe will ich auf Dich bauen,
in Demut Deinem Wort vertrauen,
das mich so wundervoll geführt.
In aller Stille soll Dein Walten
mein Inn'res für Dich neu gestalten,
wie Kindern Gottes es gebührt.

So liegt mein Weg in Deinen Händen.
Und sollte einst im Licht er enden,
so warst es ganz alleine Du,
der sorgsam meine Schritte lenkte.
Ich, der so liebevoll Beschenkte,
gab nur mein kleines Ja dazu.

Nimm dir, geliebtes Kind, für Mich ein wenig Zeit
- Die Größe Meiner Liebe ist nicht zu ergründen -

Nimm dir, geliebtes Kind, für Mich ein wenig Zeit,
setz dich zu Mir, und laß uns überlegen.
Du mußt nichts tun. Sei einfach still, doch sei bereit;
dann kann Mein großer Geist sich in dir regen.

Du führst seit vielen Jahren Mich in deinem Mund,
und manches Mal ist es dein Herz, das für Mich schlägt.
Du meinst, Du kennst Mich. Ja, in deinem tiefsten Grund!
Dein Mensch jedoch, wie oft hat er Mich schon bewegt?

Komm nah zu Mir, und wenn du willst, dann denke nach:
Du hast gehört und glaubst, daß Ich die Allmacht Bin.
So gut. Doch leg' Ich Meine Vaterliebe brach?
Mein eignes Leben, Meines Schaffens schönsten Sinn?

Du kannst nicht wirklich sagen, daß Mein Wesen
die reine Liebe sei, die gibt und die verzeiht,
und dennoch glauben, weil du es gelesen,
auf ewig zu verdammen sei Mein Herz bereit.

Die Größe Meiner Liebe ist nicht zu ergründen,
sie ist unendlich, ewig, voller Licht und Kraft.
Du wirst in Meiner Schöpfung nichts dergleichen finden.
Und Ich erhalte Mir, was Meine Tat erschafft.

Erkenne, wenn du magst, das falsche, dunkle Denken,
das Mich verhüllen soll, geheimnisvoll und fern.
Beginne, deines Herzens Bahn zu Mir zu lenken,
zur Liebe, deines Wesens makellosem Kern.

Was immer man dir sagt - Ich werde auf dich warten!
Dies ist Mein Vater-Wort! Vertrau und werde frei.
Erschließe deines Tempels wundervollen Garten,
der Seele lange schon geschautes Bild. Und sei.

*

Du bist dir selbst ein Buch mit sieben Siegeln?

Du bist dir selbst ein Buch mit sieben Siegeln?
Du fragst, wer dich die Siegel öffnen lehrt?
Erkennst du dich nicht in den vielen Spiegeln?
Sind deshalb deine Siegel unversehrt?

Du weißt nicht, wo du deine Spiegel findest?
Dann mach die Augen auf, schau in die Welt,
und achte wohl, woran du dich entzündest,
was dich erregt, auf wen dein Urteil fällt.

Du mußt die Antwort niemals lange missen,
meist steht sie überraschend schnell vor dir.
Dein Nächster sagt dir, ohne es zu wissen,
was hinter deiner sieben Siegel Tür'.

Wo willst du hin? Du läufst erschreckt

Wo willst du hin? Du läufst erschreckt.
Hat dich ein Rufen aufgeweckt?
Traf ein Gedanke dich, ein Wort?
Dann halte stille, halte ein,
laß deinen Rufer Mahner sein!
Und lauf nicht vor dir selber fort.

Ich hatte Zeit gehabt, über unsere Vereinbarung nachzudenken. Irgendwie fand ich das „clever", was sich mein Licht da ausgedacht hatte. Denn wenn ich mich in die Lage eines Lehrers versetzte, dessen Schüler heute das wieder in Frage stellten, was sie erst gestern gelernt hatten ...

Laß uns mit einer einfachen Frage beginnen, eröffnete das Licht unser Gespräch. *Ihr gebraucht eine Redewendung, in der das Leben als Erdenschule bezeichnet wird. In der Tat ist dieser Vergleich sehr treffend, viel treffender, als ihr ahnt. Bist du mit diesem Vergleich einverstanden?*

„Sicher", sagte ich, „ich habe diesen Begriff selbst schon oft gebraucht."

Gut. (Irgendwie hatte ich den Eindruck, das Licht versuchte, ein leichtes Schmunzeln zu verbergen. Aber das konnte doch nicht sein. Oder?) *Welche Zeit eines - oder deines - Lebens, glaubst du denn, ist dafür vorgesehen oder geeignet? Bestimmte Jahre oder Lebensabschnitte?*

Nur bestimmte Zeiträume? Das konnte ich mir nun nicht vorstellen.

„Es würde mich wundern, wenn es da besondere Zeiten geben würde. Wenn ich überlege, was es alles zu lernen gibt ... Ich glaube, das gilt für das ganze Leben."

Das würde bedeuten: von der Geburt bis zum Tod.

„Ja", erwiderte ich; denn wenn es keine für das Lernen reservierten Jahre oder Jahrzehnte gab, mußte das die Alternative sein. „Von der Geburt bis zum Tod. - Allerdings", schob ich etwas zögernd nach, „wird es Zeiten geben, in denen das Lernen schwerfällt oder noch nicht bzw. nicht mehr möglich ist."

Das ist eine andere Frage. Grundsätzlich aber entscheidest du dich dafür: Von Anfang bis zum Ende ist das Leben eine Erdenschule, die den Sinn hat, daß der Mensch etwas lernt. Ob er es auch will, kann oder tut, sei dahingestellt. Dann gibt es also auch keinen Augenblick, in dem es n i c h t s *zu lernen gibt.*

„Richtig", pflichtete ich meinem Licht bei. Das eine ergab sich aus dem anderen. Das war nach meinem Geschmack.

„Keinen Augenblick" heißt aber auch: Es gibt keine Gelegenheit, keinen Menschen, kein Geschehen - nichts, das „einfach so" auf dich zukommt. Anders ausgedrückt: Alles hat etwas zu bedeuten, alles will dich etwas lehren. Alles.

„Alles", sagte ich. Jetzt war ich so weit mitgegangen, jetzt mußte ich diesen Schritt auch tun. Dabei hatte ich ein nicht näher zu bestimmendes Gefühl in meinem Kopf oder in meinem Herzen, das mir signalisierte, ich würde mich auf einem heißen Pflaster bewegen. War ich vielleicht doch schon in eine ... - „Falle" war nicht das richtige Wort, denn eine Falle würde mir mein Licht nicht stellen - aber in irgend etwas war ich hineingetappt und konnte es noch nicht greifen.

Das Licht ließ mir Zeit. Es berührte mich zärtlich mit den Spitzen seiner Strahlen. Und dann wußte ich, was mich beschäftigte:

Ich hatte versprochen, nicht hinter die von mir selbst gezogene Erkenntnislinie oder erarbeitete Basis zurückzugehen. Es sei denn, sie würde sich als falsch erweisen. Das wäre natürlich etwas anderes. Solange sie sich aber nicht als unrichtig herausgestellt hatte, mußte ich sie - nach eigenem Bekunden - als die Plattform für den nächsten Schritt betrachten. Und durfte sie, welches Ergebnis der nächste Schritt auch zeitigen mochte, nicht verlassen.

Nun gut, was sollte daran auch schlimm sein? Ich hatte lediglich einen Gedanken zu Ende geführt.

Liebevoll hüllten mich die Strahlen ganz ein. *Du wirst dich wundern,* schienen sie mir zu sagen, *wundern auf eine positive Weise, was sich dir für neue Blickwinkel erschließen.*

„Das glaube ich auch", sagte ich, denn mein Vertrauen zu meinem Licht war unbegrenzt. „Es wird sicher nicht langweilig werden."

Das verspreche ich dir.

Dann geh nach innen - und schon bist du da

Dein rastlos Herz sucht Gott - und das seit Jahren.
In vielen Kirchen schautest du dich um.
Die halbe Welt hast du dabei befahren.
Kein Gott zu finden? Fremd bleibt Er und stumm?

Du meintest, jede Lehre sei zu prüfen.
Sie alle mahnten: Tue dies, tu' das.
Du eiltest, jedes Wissen zu vertiefen.
Auf welche Richtung ist denn nun Verlaß?

Mein Freund, du bist so oft und weit gegangen.
Du suchtest fern, dabei war Er so nah.
Nun höre: Willst du an dein Ziel gelangen,
dann geh' nach innen - und schon bist du da.

Der Weg zu Gott besteht aus kleinen Schritten

Der Weg zu Gott besteht aus kleinen Schritten,
aus dem, was dir dein Tagesspiegel zeigt.
Du brauchst um eine Hilfe nur zu bitten,
und du wirst seh'n, wie Er sich zu dir neigt.
Du siehst Ihn sicher nicht als tausend Sonnen,
auch nicht als Weltenherrscher voller Macht,
Er zeigt sich dir unendlich fein gesponnen
und lenkt dein Vorwärtsschreiten voll Bedacht.

So brauchst du nie zu fürchten eine Strecke
auf deinem Weg, wenn Er den Gang bestimmt.
Nur vor dir selbst, dienst du nur deinem Zwecke,
da fürchte sich dein Herz, wenn es nur nimmt;
weil ganz gewiß, so wie am Schluß das Amen,
dein Schicksal dir entwindet, was du nahmst.
Drum, Mensch, sei klug und lege guten Samen
und achte, daß du nicht so oft erlahmst.

*

Die Freude sei die Quelle deines Strebens

Die Freude sei die Quelle deines Strebens,
denn aus der Freude kommt die positive Kraft.
Aus Ehrgeiz, Angst und Zwang strebst du vergebens,
ein solches Werk ist nie fundiert und dauerhaft.

Holst du aus deines Tages reichen Stunden
hervor, was dank der Hilfe Gottes dir gelang,
hast du die Quelle schon in dir gefunden
und machst auf diese Art den allerbesten Fang.

*

Nimm dir, geliebtes Kind, für Mich ein wenig Zeit
- Wo suchst du Mich und hast Mich nicht gefunden? -

Nimm dir, geliebtes Kind, für Mich ein wenig Zeit,
setz dich zu Mir, und laß uns überlegen.
Du mußt nichts tun. Sei einfach still, doch sei bereit;
dann kann Mein großer Geist sich in dir regen.

Wo suchst du Mich und hast Mich nicht gefunden?
Glaubst du im Ernst, Ich Bin in einem Haus aus Stein?
Man hätte Mich, den Herrn, dort eingebunden
und reichte Mich der Christenheit als Brot und Wein?

Meinst du, nach Gold und Silber steht Mein hehrer Sinn,
und daß Ich dort, wo man nach Anseh'n trachtet,
nicht doch vielleicht ein ganz klein wenig lieber Bin
als da, wo man in Not und Armut schmachtet?

Hat deine Seele nicht schon oft nach Mir gefragt?
Und deine Antwort, war sie felsenfest und klar?
Hat nicht der Zweifel ab und zu in dir genagt,
ob das, was du geglaubt, im Herz gefestigt war?

Ich Bin. Und was aus Meiner hohen Weisheit ist,
ist Mein Gesetz, das zeitlos, unumstößlich gilt.
Nur Menschendenken, wenn man Mein Gesetz vergißt,
erschafft im Eigenwillen sich ein neues Bild.

Besinne dich: Ich Bin des Tempels Heil'ger Geist,
auch deines Tempels, denn du bist und bleibst Mein Kind.
Nun werde still, ganz still, dann weißt du, was es heißt:
Daß Ich und du seit ewig schon beisammen sind.

Dein Fragen, Suchen, Irren findet so ein Ende.
Ich Bin in dir! Und niemals ließ Ich dich allein.
Wenn du es willst, dann lege du in Meine Hände
bewußt dich selbst und werde willentlich so Mein.

*

Kein Mensch kann Meine Freude je erfassen

Erschrick nicht vor dem Aufbruch deiner Seele,
Ich höre schon seit langem deinen Ruf
aus deines Herzens tiefstem Grund: Ich wähle,
und ich will heim zu dem, der mich erschuf. -

Kein Mensch kann Meine Freude je erfassen,
den Jubel, der Mein Vaterherz erfüllt,
wenn Meine Kinder Mich erwachen lassen,
auf daß sich ihrer Seele Sehnsucht stillt.

Dann werden fortan ihres Schicksals Wege
nicht mehr bestimmt von ihres Menschen Schuld.
Und Meine Hand, die Ich dann auf sie lege,
ist wie Mein Herz unendliche Geduld.

So wirst du künftig Meine Straßen gehen,
verwundert, zögernd, staunend, irritiert.
Du fragst dich manchmal, denn du willst verstehen,
ob das der Weg ist, der nach Hause führt.

Ich ganz alleine weiß um dein Geschick,
Ich kenne deine Schatten und dein Licht.
Mein Leben hält dich jeden Augenblick,
und - wie auch immer - es verläßt dich nicht.

Wer also mag dir besser Führer sein
als Ich in dir? Vertraue deinem Herz
und laß es tief, ganz tief in dich hinein:
Ich Bin bei dir, im Glück wie auch im Schmerz.

So komm. Erschrick nicht, weil Ich dir so nah.
Ich Bin in allem, alles ist in Mir.
Dein Platz ist hier bei Mir. Und bist du da,
dann schaust du Mich auf alle Zeit in dir.

Meine Stimme ist leise und zart

Meine Stimme ist leise und zart,
gar so vieles hab' Ich dir zu sagen.
Meine Worte sind himmlischer Art,
von der Liebe und Weisheit getragen.

Wenn die Welt auch das Ohr dir verschließt -
einen Sieg kann sie niemals erringen,
denn Mein Geist, der in Ewigkeit fließt,
wird zum Lauschen und Hören dich bringen.

Du machst dich auf, du willst nicht länger rasten

Du machst dich auf, du willst nicht länger rasten,
du fühlst, wie es dich schiebt und zugleich zieht,
du ahnst schon, daß trotz deines Lebens Lasten
ein unbekanntes Feuer in dir glüht.

Nun stehst du fragend an des Weges Scheide,
du zauderst, wendest dich, bleibst zögernd steh'n:
So viele Schafe sind auf jeder Weide!
Wer lehrt mich, auf die meinige zu geh'n?

Du hast die Wahl, die Freiheit ist dir eigen,
der Hirten sind gar viele auf dem Feld;
ein jeder will dir seine Wege zeigen
und seine Meistersicht und seine Welt.

Wenn du erfährst, das Ziel ist dir nicht ferne,
es ist ein Schritt in dir - vom Ich zum Wir,
entscheidest du dich da nicht liebendgerne
für einen Wegbegleiter, der *in* dir?

Wer kann von sich aus reinen Herzens sagen,
daß er dich kennt, dich liebt und in dir lebt?
Es gibt nur Einen, Christus, der die Fragen,
die deine Seele trägt, zum Licht erhebt.

In Ihm gebar des Vaters ew'ge Liebe
sich ein in jedes Herz, ob gut, ob schlecht,
auf daß durchstrahlt und leuchtend wird, was trübe.
Du hast, mein Freund, die Wahl. So wähle recht.

Du kennst die Schöpfungsgeschichte, den Fall und die Heimführung. Dies war keine Frage, sondern eine Feststellung. *Dann weißt du auch, daß jeder Mensch und jede Seele auf dem Weg zurück in die Himmel sind.*

Wir hatten darüber gesprochen, und das Wissen, das mir vermittelt wurde, hatte die Lücken gefüllt, die Dogmen und Widersprüche nicht hatten schließen können. Seitdem war meine Sicht der Dinge eine völlig andere. Vor allem hatten eine tiefe Geborgenheit und Freiheit den Platz eingenommen, der zuvor von Angst und Enge belegt war.

„Gott ist für mich zu meinem Vater, zum Inbegriff der Liebe geworden. Das ist dein Verdienst."

Ich wußte, daß mein Licht so etwas nicht gerne hört, und prompt kam die Reaktion.

Es ist S e i n Verdienst. Ich bin - wie wir alle, die aus dem Lichte sind - nur Werkzeug.

„Und mein lieber Freund und Weggefährte." Eine Zeit lang schwiegen wir beide und schauten uns nur an. Dann sagte ich: „Du wolltest mir etwas zu verstehen geben."

Gott ist alles. Es gibt nichts, das Ihm an Macht, Größe und Herrlichkeit gleicht. Wenn es nun keine größere Macht gibt, dann gibt es auch keinen, der Ihm ein einziges Seiner Geschöpfe nehmen könnte. (So weit waren wir schon einmal.) *Doch da ist die Sache mit dem freien Willen. Da Gott Seine Gesetze nicht außer Kraft setzen muß, um ein Ziel zu erreichen oder eine Entscheidung herbeizuführen, m u ß es einen Weg der Rückführung geben, der den freien Willen Seiner Kinder berücksichtigt.*

„Könnte Gott denn Seine eigenen Gesetze außer Kraft setzen?" fragte ich ein wenig neugierig.

Das ist keine Frage des Könnens. Bestände die Notwendigkeit dazu, würde dies bedeuten, daß Gottes Gesetze nicht vollkommen wären. Und da Er selbst das Gesetz ist ...

„Verzeih", unterbrach ich, „ich nehme die Frage zurück. Laß mich den Faden wieder aufnehmen. Gott ist vollkommen, Seine von Ihm geschaffenen Geschöpfe sind vollkommen. Da ein jeder Mensch und eine jede Seele ‘verkleidete’ Engel sind“ - dabei konnte ich ein Lächeln nicht unterdrücken, warum auch? - „muß etwas geschehen, damit sie wieder vollkommen werden. Denn im Moment sind sie es ja noch nicht.“

So weit, so gut.

Was unvollkommen ist, muß demnach also reifen, wachsen, sich entwickeln, kurz gesagt: etwas lernen. (Langsam ahnte ich die Richtung, in die es diesmal ging.) *Das Erdenleben, hast du gesagt, ist eine Schule, und diese Schule setzt dir ununterbrochen etwas zu lernen vor.*

Ich konnte nur zustimmen. „Wenn aber einer *(Sag’ ruhig „ich“)* nicht lernen will?“

Das Leben bietet auch ihm die Lernschritte an, ob er sie annimmt oder nicht. Irgendwann wird er sie ohnehin akzeptieren. Vielleicht noch in diesem Leben, vielleicht im nächsten, im übernächsten ...

„Geführt wird also jeder? Bewußt kann er sich leiten lassen, unbewußt lenkt ihn sein sogenanntes Schicksal?“

Ja, und davon kann sich keiner frei machen. Denn die Liebe in jedem - auch im Dämon - kann nicht erlöschen und wird ihn früher oder später zum ersten Schritt in Richtung Heimat bewegen.

Mein Licht ließ mir Zeit zum Nachdenken. Schließlich kam die Frage:

Willst du eine kleine Aufgabe mitnehmen?

„Ja, denn ich möchte verstehen lernen.“

Wenn und weil dein, unser himmlischer Vater alle Macht hat und gleichzeitig die Liebe ist: Wie wird Er auf deinen Ruf oder deine Bitte um Rückkehr reagieren?

„Natürlich wird Er mir helfen“, wollte ich spontan sagen, unterließ es dann aber, weil ich vermutete, daß diese Antwort nur ein Teil der Wahrheit war.

Die Seele führt Soll und führt Haben

Du pochst auf dein Recht
der and're sei schlecht,
so meinst du und gibst keine Ruhe.
Ich hab's ihm gezeigt,
er hat sich gebeugt,
erzählst du mit großem Getue.

Ja, wenn du nur beißt,
und weil du nicht weißt,
die Seele führt Soll und führt Haben,
erscheint es dir keck
und dient jeder Zweck
zum Streit dir, sich dran zu erlaben.

Noch siehst du nicht ein,
es könnte auch sein,
du zahlst nur die Schulden, die alten.
Du legst neue Saat,
so dreht sich das Rad -
ein Wort nur, du könntest es halten.

*

Nimm dir, geliebtes Kind, für Mich ein wenig Zeit
- Hast du einmal bedacht, was deines Lebens Sinn? -

Nimm dir, geliebtes Kind, für Mich ein wenig Zeit,
setz dich zu Mir, und laß uns überlegen.
Du mußt nichts tun. Sei einfach still, doch sei bereit;
dann kann Mein großer Geist sich in dir regen.

Hast du einmal bedacht, was deines Lebens Sinn?
Warum du da bist und dich mühest und dich plagst?
Hast du gefragt: Wo bin ich her? Wo geh' ich hin? -
Wer gibt dir eine rechte Antwort, wenn du fragst?

Ich sage dir, was längst in deiner Seele liegt:
Daß du aus Mir bist, Mein Gedanke und Mein Licht,
und daß dein Mensch sich nur vorübergehend fügt.
An deinem Ziel bedarf es deines Menschen nicht.

Denn du bist Geist, seit eh geschaut durch Meine Macht,
aus dieser einen Quelle, die das Leben ist.
Dann gingst du, und der Schattenwelten dunkle Nacht
umringte dich und höhnte: Weißt du, wer du bist?

Du gabst dich hin - und das Vergessen fing dich ein.
Was bist du? Menschenwerk? Des blinden Schicksals Streich?
Was soll, das du in deinem Spiegel siehst, denn sein?
Geschöpf der Erde und doch Himmelskind zugleich?

Du bist und bleibst Mein Kind, ganz gleich, was man dir sagt,
und Ich verliere nicht, was Meine Liebe schuf.
Ich warte. Und wenn deine Seele weint und klagt,
weil sie geknebelt ist, dann höre Ich den Ruf.

Der Anfang ist dem Ende gleich und Ursprung Ziel,
und keine Zeit bedrängt das Werden und Vergeh'n.
Du kommst, du gehst, du kommst - wie der Gezeiten Spiel;
doch dann erwachst du und beginnst, Mich zu versteh'n.

Dein Erdendasein lädt dir manche Bürde auf;
komm, lege sie vertrauend Mir auf den Altar.
Dann lenkt der Liebe Sehnsucht deines Weges Lauf
und führt zu Mir zurück, was nie verloren war.

*

Erkennst du nicht, daß du ein Engel bist?

Erkennst du nicht, daß du ein Engel bist?
Weißt du denn, ehrlich, überhaupt nichts mehr?
Du sagst, daß man so etwas leicht vergißt -
auch dann wiegt dein Verlust nicht minder schwer.

So laß dir helfen, doch nur wenn du magst,
und öffne Ohr und Herz und Seele weit,
auf daß du wissend wirst und nicht mehr klagst
und nützt die Kürze deiner Erdenzeit.

Ein Mensch bist du vom Äußeren nur her,
dein Inneres ist geistiger Natur:
Ein Engel ohne weltliches Begehr,
ein Strahlenglanz und Gottes Liebe pur.

Doch seid ihr drum - wie du vielleicht jetzt denkst -
nicht zwei: der Engel innen, außen du.
Sofern du meinen Worten Glauben schenkst:
Zu dir, dem Engel, kam das Fleisch hinzu.

Und doch geschah es stets und überall,
daß man den Geist in sich total vergaß,
und oben auf dem Thron aus Rauch und Schall
kein Engel mehr, nur noch das Menschlein saß.

Das Menschlein spielt die Rolle mit Bravour,
es weiß nichts mehr, und das soll auch so sein.
Denn nur alleine so, auf diese Tour,
kann sich der Teufel seines Tuns erfreu'n.

Du kommst von oben aus der Himmelswelt,
doch nicht nur du, ein jeder um dich her.
Du hast dein Los, auch wenn's dir nicht gefällt,
tatsächlich selbst bestimmt - nicht irgendwer.

Was nun, du Mensch? Macht dieses Wissen froh?
Läßt es dich leuchten, klärt es deinen Blick?
Dann sag', wie viele and're ebenso:
Zur Himmel-Heimat kehre ich zurück.

*

Ich grüße Euch, Ihr Freunde aus dem Licht

Ich grüße Euch, Ihr Freunde aus dem Licht.
Und wie durch Wolkenwand die Sonne bricht,
erstrahlt aus meinem Herz ein Schein.
Für Euch soll dieser Gruß der Innigkeit
mein Danke für die schöne, lange Zeit,
für Eure große Liebe sein.

Ich weiß, Ihr nehmt den Dank von mir nicht an;
denn was Ihr mir und jedem habt getan
sei Liebedienst aus Gottes Kraft.
Für Euch sei wahrer Dank und wahrer Lohn
allein ein ehrliches Bemühen schon,
das oftmals kleine Wunder schafft.

Die Tat, die Ihr vollbringt, ist kaum bekannt.
Wer glaubt denn noch an jenes Liebeband,
das zwischen uns einst ward gewebt?
Das einen jeden von uns stützt und hält,
und das ihn, wenn er einmal strauchelnd fällt,
auch wieder - so er will - erhebt?

Nicht Widerstand noch Nacht hält Euch zurück,
kein dunkler Geist, kein böser Augenblick,
Ihr seid aus göttlicher Geduld.
Was bleibt im Strahl des Lichtes Euch verdeckt?
Wann jemals hat ein Mensch vor Euch versteckt,
was ihm erschien als große Schuld?

Ein Urteil ist Euch ewig fremd und weit,
denn Euer Wesen ist Barmherzigkeit
und auch unendliches Versteh'n.
Ihr breitet Eure Sonnenflügel aus,
Ihr seht den Weg zurück ins Vaterhaus -
so laßt uns ihn gemeinsam geh'n.

*

Einmal angenommen, ich mach' mit ...

Ach, der Weg zu Gott ist weit und schwer;
weiß man denn, ob man ihn gehen kann?
Ja, wenn er ein wenig leichter wär',
ging ich ihn - vielleicht - noch heute an.

Lieber Freund, was willst du hören, sag'?
Soll ich mit dir zweifeln, willst du das?
Oder magst du's, wenn ich mit dir klag'?
Hast du gar am Diskutieren Spaß?

Diskutieren wär' an sich nicht schlecht,
weil danach ich - vielleicht - klüger bin.
Denn noch immer weiß ich nicht so recht:
Will ich wirklich? Und wenn ja - wohin?

Mit dem freien Willen ist das so:
Man probiert ihn aus, und hinterher
ist man manchmal traurig, manchmal froh,
denn mal war es gut, mal nicht so sehr.

Einmal angenommen, ich mach' mit:
Hat das Ganze denn auf Dauer Sinn?
Oder reut mich dann - vielleicht - mein Schritt?
Und womöglich steck' ich mittendrin?

Wieviel' Leben hast du schon verbracht
dergestalt, mal kalt und manchmal heiß?
Hoffst du auf Erleuchtung in der Nacht,
oder wartest du auf den Beweis?

Na, ich denke mir, das hat noch Zeit.
Soll ich mühen mich, umsonst - vielleicht?
Setz ich lieber auf die Ewigkeit
etwas später, nicht sofort - das reicht.

Vorerst ist die Sache hier vorbei,
weil der freie Wille jeden schützt.
Doch der Himmel wartet - einerlei,
ob ein Himmelskind das Flüstern nützt.

Doch ich flüst're weiter, sanft und leis',
weil an deine Seite ich gestellt,
und weil meine große Liebe weiß,
daß dein freies Ja doch schließlich fällt.

*

Nimm dir, geliebtes Kind, für Mich ein wenig Zeit
- Du gingst von Mir und nahmst Vergessenheit in Kauf -

Nimm dir, geliebtes Kind, für Mich ein wenig Zeit,
setz dich zu Mir, und laß uns überlegen.
Du mußt nichts tun. Sei einfach still, doch sei bereit;
dann kann Mein großer Geist sich in dir regen.

Es gibt nur einen Weg, der dich nach vorne führt.
Tu ihn nicht ab, nur weil er widersprüchlich scheint:
Es ist der Weg zurück. Doch wird er nicht studiert,
er muß gelebt sein, bis das Ziel dich mit Mir eint.

Den Widerspruch, der keiner ist, den löst du auf,
wenn du dem zustimmst, daß allein aus Mir du bist.
Du gingst von Mir und nahmst Vergessenheit in Kauf
und hast statt Mich nur dich und deine Welt gegrüßt.

Du hörtest deiner falschen Lehren hohlen Klang
viel lieber, als Mein Wort, das zärtlich in dir sprach.
Weißt du, geliebtes Kind, wie viele Leben lang
Ich deiner harrte, bis aus deiner Seele brach

der Schmerzensschrei, der alles andre übertönt'?
Der stärker war als alles, was bisher dich band?
Der schallte: Himmel, wann werd' ich mit Dir versöhnt? -
Das war der Tag, an dem dein Ich zur Wende fand.

In deiner Fremde fragtest du: Wo bin ich her?
Wo soll ich hin? Was muß ich tun? Wer zeigt die Spur? -
Du bist aus Mir, aus Meinem uferlosen Meer
der Liebe, deinem - aller Kinder - Vater Ur.

Da Ich dich nicht verliere, siehst du da nicht ein,
daß jeder Schritt, den du nun richtest himmelwärts,
und scheint er dir auch wenig wertvoll, schwach und klein,
ein Schritt zurück zu Mir ist, an Mein Vaterherz?

So gehe, wenn du willst, den Weg zu Mir voran,
der dich zurückführt zu dem Ursprung deines Seins.
Mein Christuslicht, das einzig dich geleiten kann,
führt dich in dir zu Mir - und wir sind wieder eins.

*

Nicht einen ließ Ich blind von dannen zieh'n

Nicht einen ließ Ich blind von dannen zieh'n,
Ich pflanzte tief in seinem Wesen ein,
was ihn erhält und stärkt bei seinem Müh'n,
was unzerstörbar ist, auf ewig Mein:

Ein Seelenlicht, das nie verlöschen kann!
Auch wenn du viele Leben Mich vergißt,
wenn du - verblendet - spottest irgendwann,
du hättest Meine Liebe nicht vermißt,

auch wenn du Mich bekämpfst, verhöhnst und haßt,
Mich abtust als den Irrtum aller Zeit -
wenn deines Lebens Flittergold verblaßt,
liegt doch vor dir noch eine Ewigkeit.

Und wenn du dich Äonen lang verrennst:
Mein Licht in dir erinnert dich an Mich!
Die Tränen, die du weinst, wenn du erkennst,
sind Himmelsperlen, Mein Geschenk an dich.

*

Wir waren wieder beisammen, mein Licht und ich. „Er wird mir helfen“, dachte ich laut in Erinnerung an die Frage, wie Gott auf einen Ruf oder die Bitte eines Kindes um Rückkehr in den Himmel reagieren würde.

Das steht außer Frage. (Ich hätte noch nachgeschoben: „Was hast du denn geglaubt?“ aber so etwas tat das Licht nicht. Es war eben das Licht.) *Was tätest du mit deinem Kind? Welche Art von Hilfe würdest du ihm geben?*

Ich dachte kurz nach. „Ich würde ihm die Hilfe geben, die es benötigt, um den nächsten Lernschritt zu tun.“ Keine besonders gute Antwort, ich spürte es selbst. Deshalb sagte ich noch: „Ich würde mit meiner Hilfe nicht einen Tag warten.“

Vorausgesetzt, du wüßtest, was für dein Kind als nächstes zu lernen ansteht, und du hättest die Möglichkeit der Soforthilfe.

Ich nickte. *Gott kennt dich bis in den allerletzten Winkel deiner Seele.* Wieder nickte ich. *Damit weiß Er mit absoluter Präzision, was es noch zu lernen gibt auf dem Weg zur Vollkommenheit. Denn Vollkommenheit - im Himmel, hier auf Erden ist sie nicht möglich - war und ist ja dein Ziel.*

Was sollte ich anders tun, als zu nicken? Gleichzeitig erinnerte ich mich daran, daß ich nicht hinter eine einmal anerkannte Basis zurückwollte.

Außerdem hat Er als einziger die Möglichkeit, die notwendigen Voraussetzungen im Sichtbaren und Unsichtbaren für deine ganz persönlichen Lernschritte zu schaffen. Und schließlich: Wie lange, glaubst du, läßt sich Gott Zeit, um deine Bitte zu prüfen und einzuleiten, was dann erforderlich ist?

Das alles waren Fragen, die für mich überraschend kamen. Ich war nicht auf sie vorbereitet, mußte aber zugeben, daß sie nicht so schwer zu beantworten waren, als daß ich mir hätte Bedenkzeit erbitten müssen.

„Ich habe einmal gelesen: Eine selbstlose Bitte wird so schnell wie möglich erhört.“

Treffender kann man es kaum ausdrücken. Und eine Bitte, Gott näher zu kommen, ist selbstlos - vorausgesetzt, sie wird von der richtigen Motivation getragen.

Zwischen uns war es zur Gewohnheit geworden, daß das Licht immer dann schwieg (manchmal auch längere Zeit), wenn ich selbst einen Gedankengang fortsetzen sollte. Dies schien jetzt auch wieder der Fall zu sein, wie ich bemerken mußte.

„Ich fasse zusammen: Gott will mich - alle - wieder bei sich haben. Dies wird auch geschehen. Da ich den Himmel noch nicht wieder in mir trage, also noch unvollkommen bin, muß ich das lernen, was ich noch nicht beherrsche. Meiner Bitte zur Rückkehr, die nicht einmal wörtlich ausgesprochen sein muß - ein flehender oder liebender Gedanke reicht -, wird umgehend entsprochen. Das heißt, die notwendigen Maßnahmen werden eingeleitet. Unter diese Maßnahmen fallen alle Vorgänge, Situationen, Begegnungen usw., weil alles zum Lernen dient - und damit der Reifung und der Heimkehr. Und heim will ich ja."

Jetzt mußte ich eine Pause machen, denn - soviel erkannte ich schon - diese Überlegungen hatten es in sich. Ich hatte durch das Licht inzwischen gelernt, daß es selbst dann noch weitergeht, wenn man glaubt, die „letzte" Frage beantwortet zu haben. Aber so weit waren wir noch lange nicht.

Der sogenannte Zufall hat sich früher schon als Illusion erwiesen. Unter dem Gesichtspunkt, daß alles dem Lernen dienen kann und dienen sollte, braucht man wirklich keinen Gedanken mehr an den Zufall zu verschwenden. Damit entfällt auch gleichzeitig jegliches Nachdenken über das, was ihr als Ungerechtigkeit bezeichnet.

Wenn ich dem folgen wollte (was heißt „wollte"?; nach meinen eigenen Regeln „mußte" ich), zeichnete sich hinter der Tatsache, daß es keine Ungerechtigkeit geben sollte (gibt! Ich rief mich zur Räson) ein für mich völlig neues Weltbild ab.

Folgst du meinen Überlegungen?

Zögernd sagte ich „ja", und jetzt erbat ich mir Bedenkzeit.

Du sagst, Mein Kind, daß Ich die Liebe Bin

Du sagst, Mein Kind, daß Ich die Liebe Bin,
die Macht, der Ewigkeiten Licht;
du fändest Mich in deines Lebens Sinn. -
Du bist erwacht, doch schau noch tiefer hin
und sage Mir: Was Bin Ich nicht?

Du fragst, Mein Kind, wo denn Mein Himmel sei.
Und du erkennst: Schaust du in ein Gesicht,
bestaunst der Welten Wunder vielerlei,
erahnst der Schöpfung ewiges Gedeih' -
dort Bin Ich auch. Wo Bin Ich nicht?

Du fragst, Mein Kind: Kannst Du Dein Wort erheben,
und jeder weiß, Du bist es, der da spricht? -
Ich Bin - und schweige nie. Wie soll Mein Leben,
das in dir fließt, dir nicht die Worte geben!
So frag' Ich dich: Wann sprach Ich nicht?

Du sagst, Mein Kind, Ich gab dir Meinen Segen,
die Kraft, das Heil, den Mut auch zum Verzicht,
Gedanken, die dein Inneres bewegen
und zärtlich sich um deine Seele legen.
Geliebtes Kind, was gab Ich nicht?

Du sagst, Mein Kind, Ich liebe all die Meinen.
Teilst du mit Mir auch Meiner Liebe Sicht?
Dann kannst du niemals, niemals auch nicht einen,
wie er auch sei und scheinen mag, verneinen.
So frage dich: Wen lieb' ich nicht?

Ich nannte fälschlich, was ich hatte, mein

Ich stand in voller Blüte meines Lebens,
vertrauend mir - sonst keinem auf der Welt;
Dein sanftes Rufen damals schien vergebens,
der Acker meines Ichs war gut bestellt.

Ich nannte fälschlich, was ich hatte, mein.
War es denn nicht durch meine Hand gemacht?
Daß es geschenkt mir war, mich zu erfreu'n -
ich hätte nicht im Traum daran gedacht.

Und dann: Ich kann! Und groß war ich und stolz
auf das, was ich ersonnen und getan.
Die Weltbeweger sind aus solchem Holz?
Dann geh und ziehe eitel deine Bahn.

Ein Drittes hielt ich eisern fest: Ich tu!
Denn ich bestimme meines Lebens Lauf!
Ich hörte deine Stimme nicht: Und du,
du hältst mit deinem Tun dein Schicksal auf?

Und dann zerstob wie Dunst im Wirbelwind
das alte, falsche Bild. Und Deine Hand
auf meinen Augen, die bis dahin blind,
hat mir ein neues Sehen eingebrannt.

Die Zeit, in der der Mensch sich aufgebäumt,
ist nun vorbei, und hohl, was sie gebar.
Das Trugbild ist zerstört, der Traum geträumt;
es hat sich aufgelöst, was täuschend war.

Du hast es fest verankert tief in mir,
daß alles, was ich habe, was ich bin,
daß alles, was ich kann und tu, aus Dir
und Dein ist und durch Dich hat seinen Sinn.

Und als Kurzfassung, als Hilfe im Tag:

Alles,
was ich hab'
und kann
und tu -
bist Du.

*

Ich war nur allzu leicht geneigt

Ich war nur allzu leicht geneigt,
sah ich auf eines anderen Gestalt,
das, was mein Auge mir gezeigt,
zu werten nach Gewicht und nach Gehalt.

Da gab es welche klein und krumm
und andere, da sah man besser weg;
und solche, die zwar lang, doch dumm,
und manche, da bekam man einen Schreck'.

Ich machte, wenn mir einer groß
und klug erschien, ihn oftmals vor mir klein;
denn sonst, da könnte ich ja bloß
stets kleiner, aber niemals größer sein.

Wohl als mein Treiben gar zu bunt,
erbarmte sich der Himmel. Und er tat
sich meinem kranken Herzen kund
und hatte folgendes für mich parat:

Vergiß einmal dein kleines Ich
und schau jetzt, wer in Wirklichkeit du bist.
Erbebe und erkenne dich,
und brenn' es ein, daß du es nie vergißt.

Du bist aus Gottes ew'ger Pracht,
wie jeder Mensch, gleich wie er dir erscheint.
Was dir aus deinem Spiegel lacht,
sei eines Himmels Glanz, hast du gemeint?

Vergleiche, was du wähnst zu sein,
mit dem, was du in Wahrheit bist und bleibst;
und frage dich, wie groß, wie klein
dein Menschendasein ist, und was du treibst. -

Der Schock saß tief, das war wohl gut,
denn ich begriff, wie unbedeutend war,
was ist an Geld, an Hirn, an Blut,
an Weltenwichtigkeit und Können gar.

Und ich verstand: Ich bin wie Du
ein Kind auf seinem Weg zurück ins Licht.
Ich schau und lächele Dir zu
und schenke, so Du magst, Dir dies Gedicht.

*

Nimm dir, geliebtes Kind, für Mich ein wenig Zeit
- Verlasse dich auf deines Herzens leisen Klang -

Nimm dir, geliebtes Kind, für Mich ein wenig Zeit,
setz dich zu Mir, und laß uns überlegen.
Du mußt nichts tun. Sei einfach still, doch sei bereit;
dann kann Mein großer Geist sich in dir regen.

Als Ich, der Schöpfer-Gott, die Himmel Mir erschuf,
Unendlichkeit und ohne Lauf der Zeiten,
da schallte durch das All voll Macht und Kraft Mein Ruf,
und Leben war und füllte Meine Weiten.

Ich schuf nach Meinem Wesen Meiner Himmel Zier;
dazu gehörst auch du, in Herrlichkeit und Licht.
Als Mensch vergißt du oft: Du bist allein aus Mir.
Wenn dich Mein Atem nicht berührt - du wärest nicht.

Wie also könnte Ich nicht immer in dir sein?
Doch wo Ich Bin, Mein Kind, dort ist auch stets Mein Wort.
Nun schau: Meinst du, du wärest wirklich je allein?
Ich wäre auch nur einen Augenblick lang fort?

Wer lehrte dich, daß du geglaubt, Ich wäre weit,
Ich wäre fern von dir. Und Meiner Stimme Laut
sei nicht zu jeder Zeit für jedes Kind bereit?
Wo gingst du lange fehl? Wo hast du hingeschaut?

Lag es an Mir, wenn du mich kaum einmal gehört,
obwohl Mein Liebe-Wort so zärtlich in dir spricht?
Hat deine Unrast nicht das Zwiegespräch gestört?
Das sei vorbei. Erhebe dich und komm ins Licht.

Verlasse dich auf deines Herzens leisen Klang,
vertraue, liebe, höre Meiner Stimme zu,
verstehe, was Ich dir seit Ewigkeiten sang:
Ich Bin in dir, und du bist Mein geliebtes Du.

*

Ich rief, daß ich die Freiheit nur begehre

Ich fand die Freiheit nicht, die ich ersehnte,
auch wenn ich an der Fessel zerrte, die mich band;
die mich zum Narren hielt, sich höhnisch dehnte
und mich doch niemals ziehen ließ von ihrer Hand.

Ich rief, daß ich die Freiheit nur begehre.
Ich klagte, bettelte, ich kämpfte und verlor.
Ich wollte fliehen vor der Kettenschwere -
und kam nie weit. Und war so unfrei wie zuvor.

Da schließlich stach ein Licht in meine Wirren,
und wie getroffen blieb ich stumm und stille steh'n.
Ich sah mich eine lange Zeit schon irren
und freiheitssuchend in die falsche Richtung geh'n.

Die Fesseln, die mich knebelten und zwangen -
nicht eine davon war von äußerer Natur.
Die Knechtschaft, der ich wehrlos angehangen,
war meine innere und eig'ne Diktatur.

Schon bald ergab sich eine Gelegenheit, um unseren Dialog fortzuführen.

„Du sagtest mir, daß es unter dem Gesichtspunkt des 'Alles ist zum Lernen da' keine Ungerechtigkeit gibt. Schön, aber wir haben eine Redensart, die in etwa so lautet: Recht und Gerechtigkeit sind zwei verschiedene Dinge. Und Gerechtigkeit gibt es nur bei Gott'."

Ihr habt eine sehr große Zahl von Sprichwörtern und Redewendungen. In ihnen steckt viel Weisheit. Das heißt nicht, daß sie - aus übergeordneter Sicht - alle ganz richtig sind.

„Was ist falsch daran?"

In meinem Eifer hatte ich vergessen, daß ich auf diese Art und Weise mit meinem Licht nicht weiterkam. Ich bemerkte es aber sofort, als mir das Licht eine Gegenfrage stellte.

Gibt es bei Gott die Zeit, wie ihr sie kennt?

„Nein, Zeit und Raum existieren bei Gott und damit im Himmel nicht." So hatte ich es gelernt; so konnte ich es auch glauben, auch wenn ich es nicht verstand.

Du weißt um die Wiedergeburt. So reiht sich Leben an Leben, manchmal sind es sehr viele. Was in dem einen Leben nicht erkannt und aufgelöst wurde, was möglicherweise an neuer Seelenbelastung dazu kam, wird in das nächste Leben oder in die jenseitigen Ebenen mitgenommen. (Auf was wollte das Licht hinaus?) *Laß einmal den Zeitfaktor außer acht, berücksichtige aber, daß jedes Geschehen seine Ursache hat. Spielt es für den Ausgleich - also die Gerechtigkeit - eine Rolle, wann die Ursache gesetzt wurde? Wurde sie in diesem Leben gesetzt, und du kennst sie, dann sprichst du von Gerechtigkeit. Das ist ein menschliches Gerechtigkeitsempfinden. Wurde sie in einem früheren Leben gesetzt, und du kennst sie somit nicht, sprichst du von Ungerechtigkeit.*

Mein Licht schwieg. Unausgesprochen hing die Aufforderung im Raum: *Jetzt bist du wieder dran.*

Was sollte ich sagen? So gesehen ließ sich dagegen nichts einwenden. Die einzige Möglichkeit, dieser Schlußfolgerung und den sich daraus ergebenden Erkenntnissen zu entgehen, war die Ablehnung dieses Resultates. Damit hätte die Emotion zugunsten der Vernunft gesiegt - außerdem wäre das mit dem Verlassen meiner bereits erarbeiteten Basis verbunden gewesen. Und ich hatte versprochen, das nicht zu tun. Mein Licht hatte schon gewußt, was es mit unserer Vereinbarung bezweckte ...!

„Es gibt also keine Ungerechtigkeit. Alles was mir widerfährt, ist gut." Ich hatte dies mehr aus einer Art „Na denn"-Einstellung heraus gesagt, als aus tiefer Überzeugung. Gleichzeitig kamen mir die Zeilen aus einem Gedicht von *Ephides* in den Sinn:

> Was fürchtest du? Es kann dir nur begegnen,
> was dir gemäß und was dir dienlich ist.
> Ich weiß den Tag, da du dein Leid wirst segnen,
> das dich gelehrt zu werden, was du bist! [1)]

Ihr würdet sagen: Das ist auf den Punkt gebracht.

Ich stutzte. Mein Licht hatte meine Gedanken gelesen. Es fiel mir immer noch schwer, mich daran zu gewöhnen.

In diesen Zeilen war davon die Rede, etwas gelehrt zu bekommen, gerade in dem Sinne, wie wir es miteinander beredet hatten. Zwar wurde hier von Leid gesprochen, aber das mußte ja vielleicht nicht immer sein. Möglicherweise ging es ja manchmal auch durch Einsicht, oder indem man wachsam und offen war.

Langsam begann ich mich an den Gedanken der fehlenden Ungerechtigkeit zu gewöhnen. Das Leben als Lernprozeß im Hinblick auf eine Seelenreifung zu sehen, war nicht die schlechteste Lösung. Ob das Lernen nun hervorgerufen oder eingeleitet wurde durch eine noch vorhandene Seelenschuld oder um einem Schicksalsschlag vorzubeugen bzw. um an der Auflösung eines Seelenschattens zu arbeiten, spielte dabei nicht die entscheidende Rolle. Wichtig war die Akzeptanz eines solchen Vorgangs überhaupt. Zumindest konnte dies einem die Arbeit erleichtern.

Ich verabschiede mich für heute (augenzwinkernd?) *in Liebe von dir.*

[1)] H. Zahrada: Ephides, Anthos-Verlag, 1984

Nimm von deiner Liebe ...

Nimm von deiner Liebe, die du hegst,
alles weg, was triebhaft ist und süß,
auch, was du aus Egoismus pflegst
und den schnöden Mammon ohnedies.

Streiche aus, was du für dich noch willst,
was den and’ren bindet und ihn engt,
auch, wie du der Geltung Hunger stillst
und das Kompliment, das man dir schenkt.

Schneide ab, was oberflächlich ist,
was erwartet, fordert, schmeichelnd drängt,
was mit einem falschen Lächeln küßt
und dich trotzen läßt, wenn man dich kränkt.

Schau dir an, was bleibt nach diesem Schnitt:
Ist es nur ein kümmerlicher Rest?
Kamst du gerade eben aus dem Tritt,
oder siehst du, was dich hoffen läßt?

Solche Liebe scheint dir heut’ noch weit
und zu groß für dich und deine Welt?
Nein! Hier irrst du, weil mit Sicherheit
sie dich längst in ihren Armen hält.

Was ich für Freiheit hielt, war eine Kette

Du hast den freien Willen mir gegeben,
die Wahl, nach eigenem Geschick zu leben,
die Mündigkeit geschenkt, zu sagen ja und nein.
Du bist die Freiheit selbst, Du kannst nur schaffen
was Dir entspricht. Und dennoch, Vater, klaffen
die größten Welten zwischen uns. Wie kann das sein?

Denn lange schon erkannte meine Seele
und ahnt mein Mensch auch, daß ich selbst mich quäle,
weil ich, statt wirklich frei zu sein, gebunden bin.
Was ich für Freiheit hielt, war eine Kette,
die mich gefangen hält an dieser Stätte,
die mir verschleiert meines Lebens wahren Sinn.

Was soll die Freiheit, wenn sie mich verleitet,
den Weg zu gehen, den die Nacht beschreitet?
Wenn sie mich blind macht, und ich irre ohne Ziel?
So eine Freiheit, kann die selig machen?
Wo bleibt das himmlisch-helle Kinderlachen,
das einstens Dir und mir und jedem so gefiel?

Ich Bin der Schöpfer der Unendlichkeiten,
und ohne Anfang sind in Mir die Zeiten
und werden auch auf immer ohne Ende sein.
Vollkommenheit auf ewig ist Mein Wesen,
und was Ich schuf, ist ebenso erlesen
und fehlerlos und willensfrei und engelrein.

Der Kinder freier Wille ist Mir Freude,
ihr rechtes Handeln Meine Augenweide,
Ich brauche keine Sklaven Mir zu Ehr' und Preis.
Doch um der Freiheit Krone zu erringen,
um sich in höchste Höhen aufzuschwingen,
mußt du entscheiden - und dann schließt sich unser Kreis.

Du sollst und mußt den freien Willen üben,
die Dunkelheit durchforschen und sie lieben;
wenn du entschieden bist, bist du erst wirklich frei.
Nicht Angst noch Furcht soll deine Tage lähmen,
du könntest Mich verlieren, Mich vergrämen.
Du kommst, weil Ich es will, zu Mir zurück. Es sei.

*

Wenn du lieben willst, dann schau

Wenn du lieben willst, dann schau
in die Tiefe aller Dinge,
denn nur dort siehst du genau,
was zu lieben ist. Durchdringe

so mit deines Menschen Seh'n,
was als Schale sich dir bietet.
Dann erlernst du zu versteh'n,
und dein Werten wird verhütet.

Liebe, die aus Mir sich schenkt,
kennt kein Aber, Wenn und Weil,
da sie weder zwängt noch drängt;
sie wird jedem Kind zuteil.

Ich erwarte keine Gabe,
ewig strömt Mein Himmelslicht;
denn Ich gebe, was Ich habe,
und verweigere Mich nicht.

Weder messe Ich an dem,
was das Äußere Mir gibt,
noch, ob jemand angenehm,
schillernd oder ungeübt.

Schenkst du deiner Liebe Gunst
gleichsam ohne wenn und weil,
teilst des Himmels hohe Kunst
du mit Mir und bringst Mein Heil.

Liebst du um des Tröstens willen,
um zu stärken, um zu geben,
wirst du manchen Hunger stillen
und so manche Seele heben

aus des Schattens dumpfem Grund,
der die Seele noch verdunkelt.
Dann tut sich der Himmel kund,
und ein Meer von Sternen funkelt

und erhellt, was auf den Wegen
schattenreich und trostlos war.
Deine Liebe und Mein Segen
machen so die Seelen klar.

*

Nimm dir, geliebtes Kind, für Mich ein wenig Zeit
- Nie wird ein Schatten je aus Meiner Liebe sein -

Nimm dir, geliebtes Kind, für Mich ein wenig Zeit,
setz dich zu Mir, und laß uns überlegen.
Du mußt nichts tun. Sei einfach still, doch sei bereit;
dann kann Mein großer Geist sich in dir regen.

Du siehst um dich herum viel Schrecken, Angst und Not,
du selbst bist von des Schicksals Wehen noch erfaßt.
Wen klagst du an in Krankheit, Unglück, Leid und Tod,
wenn dir zu schwer erscheint, was du zu tragen hast?

Du hast so oft gehört, daß Ich die Liebe Bin.
Du hast es wohl gehört, doch kannst du auch versteh'n?
Komm nah zu Mir, und du begreifst den tiefen Sinn
und lernst, mit Meinen Augen Meine Welt zu seh'n.

Die Freiheit ist Mein göttliches Geschenk an dich,
an alles, was aus Meiner Schöpfungsmacht entstand.
Mein Herz erfreut an Meiner Kinder Freiheit sich,
denn alles ist vollkommen gut in Meiner Hand.

Wenn du - weil du ja frei - nun deinen Willen nimmst
und schaffst dein eigenes Gesetz nach deinem Sinn
und ohne Meine Liebe deinen Weg bestimmst:
Wo führt dein Weg dich, früher oder später, hin?

Dein eigener, oft tiefer Schatten holt dich ein,
es wird zur Qual für dich, was früher falsche Lust.
Nie wird ein Schatten je aus Meiner Liebe sein!
Mein Kind, mach diese Meine Wahrheit dir bewußt.

Du schaust Mich fragend an: Wo kommt mein Schatten her?
So oft und schwer im Leben habe ich gefehlt? -
Ich offenbare deiner Seele Wiederkehr,
und daß - aus Gnade - nicht nur dieses Leben zählt.

Die Christuskraft in dir löst deine Schatten auf -
sofern du willst, denn Freiheit ist dein hohes Gut.
Du ganz alleine wählst so deiner Seele Lauf,
bis daß dein Geist in Meinen Vaterarmen ruht.

*

Tausend Bilder wollt' ich träumen

Tausend Bilder wollt' ich träumen,
tausend Glücke nicht versäumen,
keine Stunde wollt' ich ruh'n.
Tausend Reiche wollt' ich gründen,
tausend Lüste mir erfinden -
stille, Herz, ich hab' zu tun.

Tausend Lehren wollt' ich künden,
tausend Lorbeerkränze binden,
Ehre sei des Strebens Lohn!
Tausend Äcker wollt' ich pflügen,
tausend Kämpfe wollt' ich siegen -
Zeit, was läufst du mir davon?

Tausend Träume sah ich schwanken
und vergehen. Sie versanken,
weil sie nur auf Sand gebaut.
Tausend Ängste sah ich kommen,
habe ihren Schrei vernommen
und in ihr Gesicht geschaut.

Tausendfach erhielt ich Zeichen,
stelltest Du für mich die Weichen,
die ich lange nicht geseh'n.
Doch Du läßt Dich nicht verdrängen,
und mit zärtlich, leisen Klängen
lehrtest Du mich zu versteh'n.

Tausendmal und ohne Ende
bring' ich meines Lebens Wende
ein in meines Vaters Glück.
Tausendfache Liebestrahlen,
die Dein Bildnis in mir malen,
gibst Du mir dafür zurück.

*

Die Ballade vom Gottsucher und dem Räuber

In Indien, im Land der heil'gen Kühe,
verzehrte sich ein junger Mensch nach Gott.
Er opferte und fastete voll Mühe,
ertrug der einen Neid, der andern Spott.

Da traf es sich, daß ihm ein Fremder sagte,
der nie zuvor gesehen ward im Land,
er hätte, wo der höchste Gipfel ragte,
in Einsamkeit den Schöpfergott erkannt.

Voll Freude nahm der Jüngling diese Worte
und setzte sie am selben Tag noch um.
Er stieg hinauf und suchte nach dem Orte;
er fand ihn nicht nur still, er fand ihn stumm.

Denn hier hoch droben war die Welt zu Ende,
kein Strauch, kein Baum, kein Leben weit und breit.
Er faltete in Dankbarkeit die Hände -
jetzt war der Himmel nicht mehr allzu weit.

Er meditierte täglich viele Stunden,
er aß nur wenig, und er schlief nicht viel
und hoffte so, er habe bald gefunden
den Schöpfergott und wäre dann am Ziel.

Und so vergingen an die fünfzehn Jahre,
das Sehnen war noch immer nicht gestillt,
doch aufzugeben - niemals, Gott bewahre! -
dazu war er noch lange nicht gewillt.

Er hatte allen Freuden abgeschworen,
er war alleine und sich selbst genug.
Die Menschenliebe hatte er verloren,
doch diese schien ihm ohnehin Betrug.

In einer Nacht, da fiel er in Entzücken
und wußte endlich: Jetzt war es gescheh'n.
Ihm war, als sei in kurzen Augenblicken
der Schöpfergott am Himmelszelt zu seh'n.

Es ist erreicht, der Himmel ist erschlossen,
rief er und ging den langen Weg zurück.
Mit frohem Mute schritt er unverdrossen
und freute sich an seinem großen Glück.

Da fiel ihn, halb verhungert und erfroren,
ein Räuber an und forderte Tribut.
Da er nichts hatte, schien er schon verloren,
denn solches steigerte des Räubers Wut.

Doch dieser ließ ihn schließlich weiterziehen,
er fragte noch: Bist du ein heil'ger Mann?
Dann sage Gott, er soll sich mehr bemühen,
damit auch ich zufrieden leben kann. -

Voll Groll, den Schrecken noch in seinen Gliedern,
rief jener: Ja, ich habe Gott gesucht
und weiß, er wird dir Narr zu Recht erwidern,
du seist mit deiner bösen Tat verflucht! -

Du hast gesucht, doch hast du auch gefunden?,
vernahm er da im Inneren das Wort.
Sag, lohnten sich die vielen stillen Stunden,
die du geschmachtet in den Bergen dort?

Wo sind die guten Früchte deines Strebens?
Hat deine Einsamkeit sie dir verwehrt?
Den Himmel suchst du fern der Welt vergebens,
auch wenn dir scheint, du hättest Mich verehrt.

Du glaubst, für dich war schon der Himmel offen?
Dann sage Mir, was ist mit dir passiert?
Kaum hast du einen Menschen angetroffen,
da hat dein eit'ler Hochmut dich verführt.

Willst du Mir dienen, willst du Mich ergründen,
so liebe - und du weißt, was dir noch fehlt;
Ich lasse Mich in deinem Nächsten finden,
und du erkennst, jetzt hast du gut gewählt.

*

Es war noch dunkel, doch ich war schon eine Weile wach. Viele Gedanken gingen mir im Zusammenhang mit Lernen, Lieben, Wiedergeburt, Ungerechtigkeit und anderem mehr durch den Kopf.

„Bist du da?“ fragte ich, obwohl ich es besser wissen sollte.

Wo sollte ich sonst sein? kam die Antwort, und im gleichen Moment erstrahlte das Licht vor mir.

Du hast über Gerechtigkeit und Ungerechtigkeit nachgedacht. Wieder keine Frage, sondern einfach eine Feststellung. *Du möchtest gerne unseren Gedankengängen folgen, und du wirst es auch, spürst aber gleichzeitig, daß dir dies nicht leichtfällt. Überstürze nichts, laß die Dinge in dir wachsen. Es hilft dir nichts, etwas mit dem Kopf zu bejahen, das noch nicht im Herzen verwurzelt ist. Das mag ein erster Schritt sein, doch mit Überzeugung handeln kannst du erst, wenn ein solches Denken zu einem Teil deines Wesens geworden ist.*

Mir tat diese Liebe so gut. „Dann tue ich meinen ersten Schritt und anerkenne - zunächst noch mit dem Verstand - die Gerechtigkeit Gottes in allem, was mir begegnet, weil es ‘mir gemäß und dienlich ist’. Wie es *Ephides* formulierte.“

In allem?

Ich hatte A gesagt, jetzt mußte ich auch B sagen. „In allem.“

Bist du bereit, noch einen Schritt weiterzugehen?

Was würde als nächstes kommen? „Ja“, antwortete ich.

Nachdem du wieder heim möchtest und erkannt hast, daß dir zur Vollkommenheit noch ein wenig fehlt (ich hatte längst begriffen, daß mein Licht über einen gewissen Humor verfügte)*, siehst du auch die Notwendigkeit des Lernens ein. In euren Schulen und sonstigen Einrichtungen lernt ihr nicht immer umsonst. Ein guter Lehrer ist oftmals sogar sehr teuer. Auch die Schule des Lebens verlangt dir manchmal etwas ab. Wenn du das, was das Leben oder dein Nächster dir zu lernen anbietet, annimmst und beherzigst, ist der Preis, den du dafür zahlst, jedoch nie zu hoch.*

Ein kleines Licht-Lächeln schlich sich ein.

Er wird allerdings - meistens - von Mal zu Mal höher. Aber zahlen wirst du ihn irgendwann doch einmal. Schließlich willst du ja nicht so unvollkommen bleiben.

Ich hörte konzentriert, aber leicht abwartend zu.

Die Preisforderungen, die dein Leben an dich stellt, drükken sich jedoch selten in Mark und Pfennig aus. In der Regel wird direkt von deinen inneren oder seelischen Konten abgebucht.

Ich schaute fragend. *Du verstehst noch nicht? Ich meine die Konten Harmonie, Freude, Glück, Ausgeglichenheit, Vertrauen und so manches mehr. Da fehlt dann etwas - oder auch etwas mehr - und erscheint dafür plötzlich bei Ärger, Unlust, Frustration, Unsicherheit, Angst usw.*

Jetzt hatte ich verstanden. Ich ging von mir aus einen Schritt weiter. „Das muß aber nicht so sein. Zumindest könnten die positiven Konten in relativ kurzer Zeit wieder ausgeglichen, ja sogar besser gefüllt sein als zuvor."

Wenn ...? „Wenn ich die Chance des Lernens in jeder Situation so bald wie möglich erkenne und mit Liebe an die Bewältigung der Aufgabe herangehe." So hatte ich es ja schon ein paar mal gemacht. Daher wußte ich, daß es möglich war.

Und wenn du dann gelernt hast, und du daraufhin einer zuvor unangenehmen Situation nicht mehr hilflos ausgeliefert warst, sondern sie durch eine innere Kraft beherrscht hast ...

„ ... dann hatte ich ein gutes Gefühl, und eine gewisse Dankbarkeit stellte sich ein."

Wem gegenüber?

Ich dachte kurz nach. „Ich glaube, Gott gegenüber, der mir geholfen hat, dieses Problem richtig zu sehen und zu lösen - oder es anzunehmen, wenn es im Moment nicht zu lösen war."

Bist du schon einmal auf die Idee gekommen, auch deinem Nächsten zu danken?

„Für das Problem, das er mir bereitet hat?"

Nein, für die Aufgabe, die er dir gestellt hat, und die du erfolgreich bewältigen durftest.

„Hör' auf", dachte ich, „das geht zu weit."

Muß ich wissen, wer ich früher war?

Muß ich wissen, wer ich früher war?
Was ich tat? Was nicht? Was mir geschehen?
Diente ich der Krone, dem Altar?
Liebte ich die Macht und die Gefahr?
War ich über- oder angesehen? -

Mensch, vergiß es! Schau auf deinen Tag,
er bringt dir genug zu überdenken.
Was vor deiner Nase liegt vermag
dir allein zu helfen. Deshalb frag'
nicht, was war noch sei. Das wird sich renken.

Denn so ist es bestens vorgeseh'n:
Was der Tag dir zeigt, das sollst du lösen.
Künftiges wird sich zum Guten dreh'n,
Liebe wird an deiner Seite geh'n,
und was dann vorbei, das ist gewesen.

*

Manchmal kann es hilfreich sein und gut

Manchmal kann es hilfreich sein und gut,
sich hineinzudenken in des Teufels Lage.
Denn es ist doch sicher keine große Frage,
daß mit Fleiß er seine Arbeit tut.

Was meinst du? Du heißt ja gar nicht Faust?
Ach, ich glaub', der Name ist ihm nicht so wichtig.
Wenn man ihn nur unterschätzt, am liebsten tüchtig,
reicht ihm das. Und daß du ihm vertraust.

Seinen Vorteil nutzt er, wenn er spürt,
daß da jemand ist, der hat sich nie betrachtet,
der sich gar nicht kennt. Da hat er schon geachtet
und ihn - kaum daß der's bemerkt - verführt.

Warum kommst du allein?

Du zitterst nicht, du siehst der letzten Stunde
mit Wissen ins Gesicht. Das macht dir Mut.
Du blickst zurück auf deine Erdenrunde,
und diesmal, scheint es dir, war alles gut.

Du hast gelernt, Gott ist in allen Dingen.
Du weißt auch, daß du nicht nur einmal lebst.
Du ließest dich von keinem Dogma zwingen
und glaubst nun fest, daß du zum Himmel strebst.

In der Gewißheit, daß man auf dich wartet,
stehst du vor diesem Rosentor und rufst.
Dahinter winkt, wie immer auch geartet,
das Glück, das du durch Beten dir erschufst.

Im Strahlenglanz der Liebe und der Stärke
tritt vor dich hin ein Engel, hell und rein,
und spricht: Bekannt sind alle deine Werke.
Warum jedoch, mein Freund, kommst du allein?

Du bist verblüfft, du traust kaum deinen Ohren.
Die Frage stellt man dir, der nur ein Ziel
in seinem Leben hatte sich erkoren:
Daß einzig und allein er Gott gefiel?

So hebst du an und sagst voll Unverständnis:
Ich diente Gott bei Tag und in der Nacht.
Von einem and'ren gab mir niemand Kenntnis,
drum habe ich auch keinen mitgebracht.

Mit Nachsicht und Geduld und voller Güte
sagt liebevoll und unanfechtbar klar
der Himmelsbote: Daß dein Herz erglühte,
war zugleich Ansporn dir, doch auch Gefahr.

Das Feuer deiner Seele ließ dich streben,
du eifertest dem Ziel, dem Himmel, zu
und wolltest notfalls ihn allein erleben.
Du sahst den Weg und dich - doch nicht das Du.

Hast du bei allem deinem guten Willen
nicht die Gefahr erkannt, die darin liegt,
die Gottessehnsucht nur für sich zu stillen?
Hast du geglaubt, daß so die Liebe siegt?

Es gibt nur einen Weg für jede Seele
zurück in ihres Vaters herrlich Land.
Willst du aus tiefstem Herzen heim, dann wähle
den Weg: mit deinem Nächsten Hand in Hand.

Du gingst, um mit zu tragen, mit zu lösen,
dein Liebefeuer war unendlich stark -
und ist es noch. Doch wo bist du gewesen,
als dich dein Nächster rief in seinem Arg?

In deiner Seele steht es eingeschrieben:
Ich komme nicht allein zu Gott zurück,
ich gehe um zu helfen, um zu lieben
und bin gebunden an des Nächsten Glück.

Der Engel schweigt. Du siehst in seinem Lichte,
wer deiner harret - und dein Herz wird schwer.
Dein ganzer Lobpreis Gottes wird zunichte,
dein schönes Lied von Gottes Ruhm und Ehr'.

Du bist beklommen, willst dich traurig wenden,
da hüllt ein Sonnenstrahl dich tröstend ein,
und Kräfte strömen, die dir Hoffnung spenden,
die dich bestärken: Du bist nicht allein;

denn keiner ist, der sich auf dieser Erde
vertrauend müht, den nicht der Himmel schützt,
daß er zum Lichte sich erhebt und werde -
von sanfter Hand gehalten und gestützt.

Du gehst erneut, Sein Schutz wird dich begleiten.
Dein Nächster hofft und wartet wie zuvor.
Wirst du der Liebe ihren Weg bereiten?
Dann geht erlöst ihr beide durch das Tor.

*

Nimm dir, geliebtes Kind, für Mich ein wenig Zeit
- Ich Bin in jedem Fall des Beters Adressat -

Nimm dir, geliebtes Kind, für Mich ein wenig Zeit,
setz dich zu Mir, und laß uns überlegen.
Du mußt nichts tun. Sei einfach still, doch sei bereit;
dann kann Mein großer Geist sich in dir regen.

Du siehst Mich als den Schöpfer aller Dinge an;
damit sind alle Seelen, alle Menschen Mein.
Du ahnst ein wenig schon, daß das, was Ich ersann,
auf ewig nicht verstoßen ist in Schmach und Pein.

Ich liebe jedes Meiner Kinder allezeit
mit einem Vaterherzen, das nicht wägt noch trennt,
das immer da ist, für den kleinsten Ruf bereit,
und das für euch in unerkannter Größe brennt.

Auf dieses Feuer trifft dein innigliches Fleh'n.
Alleine dieser Brand zieht wie magnetisch an,
was du ihm anvertraust als deines Herzens Weh'n.
Dort hör' Ich dein Gebet - sofort, nicht irgendwann.

Wer immer hilfesuchend greift nach Meiner Hand,
braucht nicht zu wissen, wo Ich wohne, wie Ich heiß'.
Er hat Mich, da er glaubt, als seinen Gott erkannt,
auch wenn er mehr von Mir und Meiner Kraft nicht weiß.

Weil dem so ist, Mein Kind, bedarf es keiner Form.
Es zählt die Vorschrift nicht, es zählt allein die Tat.
Auch ohne Regeln, Namen, Riten, Schrift und Norm
Bin Ich in jedem Fall des Beters Adressat.

So du nun hörst und siehst, da ruft Mich jemand an,
auch wenn er fern der rechten Gläubigkeit erscheint,
schau nicht aufs Wort, schau ihm, wie Ich, ins Herz. Denn dann
erkennst du, was euch beide tief in Mir vereint.

*

Als man mich lehrte, ich sei meines Glückes Schmied

Als man mich lehrte, ich sei meines Glückes Schmied,
und was ich wollte, sei mir auch gewiß,
da war mir klar: Was fürderhin mit mir geschieht,
hat endlich Hand und Fuß und Griff und Biß.

Und so ging ich die Dinge meines Lebens an,
denn schließlich war alleine ich mein Herr.
Ich fuhr nicht einmal schlecht dabei, doch irgendwann,
beschlich ein Zweifel mich, der böse, der.

Was mich verwirrte war, daß mancher Biß und Griff,
so kundig er auch ausgeklügelt war,
als kalter Wind mir selber um die Ohren pfiff
und oft genug zerzauste mir das Haar.

Das konnte doch nicht sein! Wer war denn nun mein Schmied?
War ich es nicht? Man lehrte mich doch so.
Soll ich nun weitermachen? Weiß ich, was mir blüht?
Vielleicht werd' ich des Lebens nicht mehr froh?

Da flog, zu lehren mich, zum Fenster nachts herein
die weise Eule, setzte sich und sprach:
Man schenkte dir nur eine halbe Wahrheit ein
und gerade die, die dir ins Auge stach.

Du setzest wohl als deines Lebens eig'ner Schmied
die Hammerschläge hart und kräftig ein
und siehst, wie es dann raucht und wie es fauchend sprüht,
denn gut geschmiedet soll dein Eisen sein.

Doch man verschwieg dir leider, daß ein jeder Schlag,
den nicht die rechte Liebe hat geherzt,
so sauber und gekonnt er auch erscheinen mag,
den Schmieder eines Tages selber schmerzt.

Und nicht nur das: Wie lange glaubst du, bist du schon
mit Hand und Fuß und Griff und Biß dabei?
Nur dieses eine Leben? Komm und denk, mein Sohn,
doch was Gescheites, keine Narretei.

So sprach die alte, weise Eule. Und zum Schluß,
bevor sie wieder flog: Schau, was dich treibt!
Wer Meister werden will, weiß, wie er schmieden muß,
weil er sonst allzulang Geselle bleibt.

*

Glaubst du, weil die Jahre ziehen ...

Glaubst du, weil die Jahre ziehen
regelmäßig in das Land,
müßtest weise du erblühen -
langsam, aber unverwandt?

Wie beim Weine sei das Werden
auch beim Menschen angesagt?
Somit schwänden die Beschwerden,
die so oft in dir genagt?

Die dich hielten, die dich engten,
die die Angst in dir verstärkt,
die in deine Seele drängten,
ohne daß du es gemerkt?

Nur, daß du dich nicht erschreckest,
wenn die Jahre geh'n ins Land,
und du überrascht entdeckest,
daß sich keine Weisheit fand.

Überleg', ob nicht das Reifen
angenommen werden muß.
Sagst du: Ja, ich will begreifen -
krönt die Weisheit dich am Schluß.

Doch das ist noch nicht das Ende.
Gottes Weisheit wirst du seh'n,
faltet man dir deine Hände.
Dann beginnst du zu versteh'n.

Mein Licht ließ mir tatsächlich Zeit. Wie hätte es auch anders sein können. Es war - unter anderem - Liebe und Geduld. Zu einem späteren Zeitpunkt kam ich auf die Überlegung zurück, meinem Nächsten zu danken für die Aufgaben, die er mir stellt.

„Du meinst also, ich müßte jedem dankbar sein für die Probleme und Unannehmlichkeiten, die er mir macht?"

Drücken wir es etwas anders aus: Wenn du lernen willst, wird es jemanden geben müssen, der dir die Aufgaben vorlegt.

Ich wollte protestieren, doch das Licht hob - ich kann es nicht anders ausdrücken - eine „Hand". *Warte. Viele Aufgaben werden dir durch das Leben, du würdest sagen „die Umstände", gestellt. Wenn sie nicht an eine Person gebunden sind, kannst du dich höchstens über den Umstand oder den „Zufall" ärgern. Die meisten Aufgaben aber stellen dir Menschen, ohne daß sie dies wissen oder wollen.*

Du hattest deinem Glauben an Gott und an Seine Liebe zu Ihm Ausdruck verliehen. Damit hast du, falls du dich daran noch erinnerst, signalisiert: Ich will zurück.

Damit wurde deine ganz persönliche Rückführung eingeleitet; wenn du so willst: ein spezielles Programm für dich. Es ist wirklich dein ureigenes Lernprogramm, das jetzt abläuft, denn der Zustand deiner Seele ist i n d i v i d u e l l . Und damit mußt du d e i n e Schritte tun. Ein anderer tut seine.

„Wenn ich nun nicht 'ja' dazu gesagt hätte, den Weg zu Gott zu gehen", wandte ich ein, weil ich mich so schnell nicht geschlagen geben wollte, „wäre dann das gleiche abgelaufen?"

Im Prinzip ja, nur wärst du dann nicht von Christus geführt und durch Ihn geschützt. Auf Grund deines freien Willens, mit dem du deinen Weg bestimmst, würdest du von deinem eigenen Gesetz geschoben anstatt von Gott geführt, ohne es gleich zu merken.

Ich verspürte, wie mein innerer Widerstand langsam nachließ, und ich mich mehr und mehr diesen Überlegungen anschloß. Eine große Chance, auf Dauer dagegen zu sein, hatte ich wohl ohnehin nicht, wenn ich mich an unsere Spielregeln halten wollte. Doch das Licht hatte noch eine Überraschung für mich bereit.

Möchtest du diesen Gedanken folgen?

Ich nickte, zuerst zögernd, dann jedoch ernstlich zustimmend.

Es ist, zugegeben, menschlich gesehen schwer - ja, sehr schwer -, diese Sicht auch ins Herz hineinfallen zu lassen. Jesus, der Christus, konnte dies. Am Kreuz hat Er es bewiesen; nur mußte Er dort nichts mehr lernen. Aber das ist ein anderes Thema.

Wir haben ja auch nicht darüber gesprochen, wie leicht oder schwer es ist, auf diese Weise - also in der Liebe - zu lernen. Es könnte dir aber eine große Hilfe sein, eines der Grundprobleme des Lebens immer besser zu meistern.

Ich ahnte, auf was mein Licht hinauswollte. „Du meinst das Verzeihen?“

Ja. Du willst lernen, es gibt jemanden, der die Aufgabe präsentiert, du löst sie, du bist einen Schritt weiter ... Was machst du in der Regel dennoch?

„Oft bin ich böse und wütend und hasse möglicherweise.“

Du wärest böse, wütend und würdest jemanden hassen, weil er dir hilft, auf deinem Weg zu Gott einen Schritt voranzukommen?

Mein Licht war phantastisch. Jetzt hatte es mich.

„Ja - wenn ich meine Lektion nicht gelernt und die Aufgabe darin nicht erkannt hätte. Wenn ich den Nächsten verantwortlich machen würde für das, was mir widerfährt. - Vielleicht auch, wenn ich zwar vergeben wollte, aber noch nicht könnte.“

Wenn du aber jetzt um die großen Zusammenhänge weißt; wenn du dich ehrlich bemühst zu erkennen, und wenn du wirklich lernen möchtest und einsiehst, daß dies manchmal nur über deine Mitmenschen geht: Stellt sich dann überhaupt noch die Frage, ob du verzeihen mußt?

Ich kam nicht umhin, dem Licht zuzustimmen, fügte aber hinzu: „ So leicht ist das ... aus himmlischer Sicht.“ Aber das letzte Wort würde ich natürlich nicht behalten.

Etwas wäre äußerst schlecht

Etwas wäre äußerst schlecht
und auch ziemlich ungerecht:
Wenn man Gott studieren könnt'
und Sein großes Firmament.
Alle Klugen kämen dann
nach dem Tod im Himmel an;
doch wer nicht so schlau im Kopf
wär' ein armer Höllen-Tropf.

Gott sei Dank - im wahrsten Sinn -
kommt man so zu Ihm nicht hin.
Auch das längste Studium
führt dich nur im Kreis herum.
Also ist Er doch gerecht!
Denn wenn einer zu Ihm möcht',
und sein Herz sagt ehrlich: ja,
ist er schon beim Vater da.

*

Wer holt dich ab?

Dir wird kein Petrus gegenübertreten,
nicht Hörner werden tönen noch Trompeten,
wenn du die Erde hinter dir gelassen hast.
Du ahnst es ja auch schon: So kann's nicht gehen.
Du trautest selber kaum noch deinem Flehen.
Vielleicht ist deine Illusion auch schon verblaßt?

Was wird dir neue Heimat sein dort drüben?
Wer wird Gerechtigkeit an dir verüben?
Wer holt dich ab? Wer lädt dich ein? Wo gehst du hin?
Auf was du immer triffst: Es ist dein Leben,
dein Ja, dein Nein, dein Nehmen und dein Geben.
Und du bist - ungewollt? - auf einmal mittendrin.

*

Der Tod, wie ihr ihn seht ...

Der Tod, wie ihr ihn seht, erschrickt euch arg.
Ihr habt zu eurem Feinde ihn ernannt,
doch nur, weil keiner ihn so recht erkannt,
weil ihr nicht weiter schaut als bis zum Sarg,
darin *ein* Leben seinen Schlußpunkt fand.

Der Tod, wie ihr ihn seht, ist Schall und Rauch,
ein Name nur, von tiefer Furcht geprägt,
die lähmend sich auf eure Seelen legt
und damit auch den allerletzten Hauch
von Mut und Klarheit an die Seite fegt.

Der Tod, wie ihr ihn seht, den gibt es nicht.
Mit eurem dumpfen Sinn und trüben Blick
seht ihr des einen Lebens kleines Glück.
Wenn es wie Glas in eurer Hand zerbricht,
erscheint euch dies als großes Mißgeschick.

Der Tod, wie ihr ihn seht, der macht euch blind,
und keiner lernt, was *Einer* euch gelehrt:
Das Leben bleibt im Tode unversehrt.
Und weil die Toten keine Toten sind,
ist *eure* Lehre keinen Pfennig wert.

Nimm dir, geliebtes Kind, für Mich ein wenig Zeit
- Nur einen Weg sah Ich in Meiner Weisheit vor -

Nimm dir, geliebtes Kind, für Mich ein wenig Zeit,
setz dich zu Mir, und laß uns überlegen.
Du mußt nichts tun. Sei einfach still, doch sei bereit;
dann kann Mein großer Geist sich in dir regen.

Du glaubst, daß alle Menschen Meine Kinder sind;
darin sei auch ihr wahres Glück begründet.
Und in den Himmel käme später jedes Kind,
wenn es zur rechten Zeit zur Wahrheit findet.

Ich nehme dich an Meine Hand. Du sollst versteh'n
und lernen, Licht und Schatten zu erkennen,
um tief im Herzen zu begreifen, was gescheh'n,
um Zwielicht keinen Sonnenschein zu nennen.

Du schaust in deine Welt und findest vielerlei,
das nötig scheint, den Himmel zu erringen,
sei es Gehorsam, Dogmen, Fasten, Pilgerei,
Entsagung, um ein Opfer Mir zu bringen.

Du sagst, Ich Bin die göttliche Gerechtigkeit.
Ich Bin. Halt' du in deinem Denken jetzt nicht ein:
Dann aber muß in eines jeden Menschen Zeit
derselbe Wert für einen *jeden* gültig sein.

Ob er gesund, ob krank, ob bettelnd oder reich,
ob er gelehrt, ob König, Bauer oder Knecht,
ob alt, ob jung, ob farbig oder weiß - ganz gleich:
Er muß die gleiche Chance haben, gleiches Recht.

Nur einen Weg sah Ich in Meiner Weisheit vor,
den jeder gehen kann und jeder gehen muß,
damit er wiederfindet, was er einst verlor:
Vollkommenheit - und Seligkeit im Überfluß.

Hast du gefunden diesen *einen* Weg zu Mir?
Dann wirst du wieder frei! Aus deiner Seele bricht's
wie Jubelschrei hervor: Ich komm zurück zu Dir;
denn ich geh' *Deinen* Weg - ich *liebe*! Und sonst nichts.

*

Sieben alte Gräber

Ich ging, wie mich mein Schritt so führte,
gedankenschwer und wenig froh.
Es schien, als ob ich mich verirrte,
denn plötzlich war ich - weiß nicht wo.

Da sah ich sieben alte Gräber.
Hier liegen, stand auf jedem Stein,
ein Schlachter, Doktor, Winzer, Weber,
zwei Knechte und ein Mägdelein.

Im Schatten einer großen Linde,
da setzte ich mich in das Gras,
daß ich die gleiche Ruhe finde,
von der ich auf den Steinen las.

Auf einmal fiel's von meinen Augen
wie Schuppen oder - weiß nicht wie:
Das „Ruhe sanft" schien nichts zu taugen,
so rastlos laufen sah ich sie.

Sie rannten über ihre Hügel
und riefen laut nach links und rechts,
und alle waren ohne Flügel,
die Toten beiderlei Geschlechts.

Das war ein Zittern und ein Klagen,
ein Irren, eine Hetzerei,
als wenn von ihren Todestagen
der heutige der letzte sei.

So hatte ich in meinen Träumen
das Totsein mir nicht ausgedacht.
Drum hab' ich unter meinen Bäumen
auf einmal herzlich losgelacht.

Da war das Bild vorbei, entschwunden,
der Kopf lag schwer auf meiner Brust,
die ferne Turmuhr schlug die Stunden.
Ich hätt' so gern noch mehr gewußt.

Leicht irritiert war mir zumute,
noch hielt das Geistern mich in Bann,
bis ich in meiner Kammer ruhte
zur Abendstunde - weiß nicht wann.

*

Vom unbedachten Lebensglück

Komm mit, man spielt für uns das Stück
vom unbedachten Lebensglück.
Man lernt vielleicht was draus.
Die Spieler stellen sich jetzt vor.
Sei mäuschenstill und spitz dein Ohr
und spar' nicht mit Applaus.

Ich trage meinen Doktorhut,
weiß Gott, die Ehre steht mir gut,
man sollt' es so belassen.
Die Schönheit schrieb ich aufs Panier,
ich kaufte sie, sie diente mir,
man pfiff's in allen Gassen.
Das Land, das keinem and'ren gleicht,
ist mein - so weit das Auge reicht,
wer will mir etwas nehmen?
Das Recht gehört in Richterhand;
ich strafte so, wie ich empfand,
soll ich mich deshalb schämen?
Die Schwachen sind ein Greuel mir;
indem ich Stärke demonstrier',
hab' alles ich gewonnen.
Das Ganze ist für mich nur Tand,
was einzig zählt, liegt auf der Hand:
im Reichtum sich zu sonnen.

Da kam Gevatter Sensenmann
und schaute sie sich alle an,
dann fing er an zu schneiden.
Urplötzlich waren alle fort
und klagen nun an fernem Ort
und sind nicht zu beneiden.

Dem Doktor, der sich klug geglaubt,
dem fehlte was auf seinem Haupt,
die Leere zu bedecken.
Die Schönheit sucht, was sie verlor,
was sie als Lebensziel erkor
und will sich wo verstecken.
Der Gutsherr, vorher hart und groß,
steht kläglich da und ziemlich bloß;
ihm fehlen seine Länder.
Und auf des Richters Wenigkeit
da zielt ein Schwert, zum Schlag bereit,
fürwahr kein Freudenspender.
Was einst Gewalt war steht nun bleich
und kraftlos da. Mit einem Streich
könnt' man den Riesen fällen.
Und keines alten Reichtums Glanz
kann dir, mein Freund, beim Totentanz
dein Seelenkleid erhellen.

Das Spiel ist aus. Sei nicht betrübt,
es wird, so oft es dir beliebt,
sich immer wiederholen.
Und ohne daß man ihn beschränkt,
kann jeder ändern, was er denkt,
denn hier wird nichts befohlen.

Ob du hier lebst oder drüben

Ob du hier lebst oder drüben,
ständig mußt du üben, üben;
denn du wirst so lang' getrieben,
bis du schließlich lernst zu lieben.

Dabei wirst du dann entdecken,
du mußt selbst die Ziele stecken.
So wird sich die Seele recken,
himmelwärts die Fühler strecken.

Schwinden wird dein Seelenkater,
und nach diesem Welttheater
wird der Himmel dein Berater.
Du, geübt, kehrst heim zum Vater.

Als ich angefangen hatte, das zuvor Besprochene in mir zu vertiefen, kam mir ein Aspekt in den Sinn, den ich mit meinem Licht besprechen wollte.

Ich hatte schon die Frage auf der Zunge: „Sag' mal, wie siehst du das ...?" als mir einfiel, daß es so herum nicht gehen würde. Also begann ich anders.

„Wenn ich davon ausgehe, daß mir jeder etwas zu lernen gibt, mir daher etwas ... Gutes tut" (so selbstverständlich kam mir das noch nicht über die Lippen), „dann müßte es doch umgekehrt genauso sein." Ich machte eine Pause in der Hoffnung auf eine beginnende Kommunikation.

Das Licht pulsierte nur leicht - und schwieg. Es erfüllte zwar mit seinen wunderbaren Strahlen den Raum vor mir, aber es schien abzuwarten, was ich für eine Theorie entwickeln würde. Wahrscheinlich kannte es meinen Gedankengang aber auch schon und ließ mich deshalb alleine weitermachen. Das mußte nicht unbedingt ein gutes Zeichen in bezug auf die Qualität meiner Überlegung sein.

„Dann müßte doch alles, was einem anderen durch mich geschieht, ebenfalls zu dessen Bestem sein ..." Immer noch keine Reaktion. „Das würde ja heißen, ich brauchte mich bei niemandem zu entschuldigen und keinen um Verzeihung zu bitten. Kann das denn sein?" Es entstand wieder eine Pause, die das Licht schließlich beendete, indem es meine letzte Frage wiederholte.

Kann das denn sein?

Ich hatte zu schnell und zu voreilig einen der berühmten, falschen Schlüsse gezogen. So konnte es natürlich nicht sein. Doch wo war die Lösung?

Es gibt nie nur eine Möglichkeit des Lernens. Etwas - oft schmerzhaft - erfahren zu müssen, ist zwar eine Möglichkeit, aber nicht die einzige. Hast du nie daran gedacht, was eine gute Vorbildfunktion bewirken kann? Daran hatte ich wirklich selten gedacht. Es versetzte mir einen kleinen Stich.

Es gibt aber noch einen weiteren Gesichtspunkt: Hat dich Gott als Racheengel oder Karma-Ausgleicher in die Welt ge-

schickt? Du kannst nicht im Ernst glauben, deine Aufgabe sei es, für die ausgleichende Gerechtigkeit zu sorgen. Und dann, wieder mit einer Art „Augenzwinkern“: *Völlig selbstlos natürlich, versteht sich.*

Nein, das glaubte ich nicht.

Was durch einen anderen auf dich zukommt, ist dessen Problem. Es könnte im übrigen nicht auf dich zukommen, wenn es nicht von Gott - für dich - zugelassen wäre. Deines kann darin bestehen, damit richtig umzugehen.

Was du einem anderen tust, ist d e i n Problem. Und es kann sich zu einem sehr großen entwickeln, besonders dann, wenn du gegen besseres Wissen handelst.

Mein Licht schwieg, ich ebenfalls. Da hatte ich etwas zum Nachdenken. „Ich danke dir“, sagte ich und meinte es ehrlich.

Ich erinnere dich an etwas. Was wir hier gemeinsam erarbeitet haben, ist keine Lösung. Es kann eine Hilfe sein bei der Arbeit des Verzeihens. Nur eine Hilfe, nicht mehr.

Die Lösung besteht darin, die Liebe - also dein Herz und nicht deinen Kopf - in den Mittelpunkt deiner Bemühungen zu stellen. Dieses Wissen nimmt dir also deine Arbeit nicht ab. Weder die Arbeit des Vergebens noch des Um-Vergebung-Bittens. Doch du weißt inzwischen, daß du einen Helfer - den allerbesten, den du dir nur wünschen kannst - bei dir hast. In dir hast, um es genauer auszudrücken.

„Ja“, antwortete ich, „ich weiß: Christus. Und das macht die Sache leichter.“ Ich atmete tief durch. Das war der Silberstreif am Horizont ... auch wenn er mit „Arbeit“ verbunden war.

Das war auch etwas, wonach ich noch fragen wollte. Arbeit bedeutet, etwas zu tun. Tun war aber etwas anderes als Glaube und Gnade. Sicher waren Glaube und Gnade wichtig. Und nicht nur wichtig, sondern sehr wichtig und mehr: Sie waren die Voraussetzung, daß die Arbeit überhaupt gelang. Aber alleine nur Glaube und Gnade ...?

Laß uns das beim nächsten Mal besprechen. Meine Liebe begleitet dich.

Die Trauerreden sind gehalten

Die Trauerreden sind gehalten,
die kleine Totenglocke schweigt.
Nun soll ein milder Richter walten.
Du bist gespannt, wie er sich zeigt?

Das ganze Umfeld läßt dich fragen,
weil es für dich so fremd und neu,
ob das - du wagst es kaum zu sagen -
eventuell der Himmel sei?

Da öffnen sich die Nebelwände,
dein Fragen also hat genützt.
Doch dann erzittern deine Hände,
als du erkennst, wer vor dir sitzt.

Du selber bist es, der dich richtet,
du selber legst den Maßstab an.
Wie gerne wärest du geflüchtet,
nur daß man hier nicht flüchten kann.

Der erste Schrecken ist vorüber.
Du lebst noch. Oder bist du tot?
Der Richter schweigt. Nichts ist dir lieber,
du witterst wieder Morgenrot.

Doch unter seinen Richterblicken,
da gibst du schließlich auf und fragst:
Was schaust du so? Muß ich mich bücken?
Muß ich bereu'n, was du mir sagst?

Was tat ich Schlimmes in den Jahren?
Ich war geachtet und verehrt,
und manchen, der noch unerfahren,
hab' ich des Geldes Reiz gelehrt.

Ich hatte Kraft, ich hab' genommen
und kam fast immer an mein Ziel.
Auch Bettler haben was bekommen,
wenn mir ihr Fideln gut gefiel.

Ich habe Schätze hinterlassen,
mein Name wurde oft genannt.
Es gibt wohl welche, die mich hassen,
und fraßen doch aus meiner Hand. -

Sodann folgt eine große Stille,
in der dich leise Angst beschleicht,
ob wirklich auch des Richters Wille
zum guten Urteil dir gereicht.

Du hörst dich plötzlich selber sprechen
und siehst dich leicht erschrocken an:
Das also waren deine Schwächen.
Jetzt sieh', was deine Liebe kann.

So öffne dich und laß uns schauen,
was du in deinem Herzen trägst.
Alleine darauf kannst du bauen,
wenn Für und Wider du erwägst. -

Du suchst in deinen tiefsten Tiefen,
jedoch die Hände sind fast leer;
die Stimmen, die im Herz dich riefen -
du hörtest sie schon lang' nicht mehr.

Dann aber hörst du selbst dich fragen:
Wer hat die Liebe dich gelehrt?
Da wirst du zu dir selber sagen:
Ich hab' mich nie darum geschert.

Im Lichte deines eig'nen Sichtens
erkennst du dich, und es bedarf
nicht eines and'ren, fremden Richtens,
nicht eines Steins, den jemand warf.

So weit, so gut. Kommt jetzt das Feuer,
mit dem Gott Seine Kinder schreckt?
Wird deine Strafe sündhaft teuer,
weil Er dich - du dich selbst! - entdeckt?

Was will dir denn gerecht erscheinen?
Was soll denn nun mit dir gescheh'n?
Verliert ein Schöpfergott die Seinen?
Kannst du darin die Liebe seh'n?

Der Himmel kann nur Liebe geben.
Er öffnet seine Tore weit,
bis nach erneuten Erdenleben
du für den Himmel bist bereit.

*

Nimm dir, geliebtes Kind, für Mich ein wenig Zeit
- Was dir begegnet - *alles* - kommt, damit du reifst -

Nimm dir, geliebtes Kind, für Mich ein wenig Zeit,
setz dich zu Mir, und laß uns überlegen.
Du brauchst nichts tun, doch sei bereit;
dann kann Mein großer Geist sich in dir regen.

Du weißt, der Ursprung aller Schöpfung liegt in Mir,
Ich Bin der Quell auch deines Lebens, dein Zuhaus'.
Und da Ich keines Meiner Kinder je verlier',
kehrst du zurück. Nun werfe einen Blick voraus:

Der Himmel ist in dir. Er tut sich wieder auf,
und du bist da, trittst ein, und er ist endlich dein -
wenn du ihn dir erschließt in deines Weges Lauf.
So wird Vollkommenheit des Werdens Krönung sein.

Dein Geist, Bewußtsein ohne Grenze, ohne Zeit,
ist nur noch Liebe, Freiheit, Demut, Größe, Sein
und unbezwingbar, sonnenhell, dem Licht geweiht.
Du hast besiegt, was ängstlich war und kalt und klein. -

Wenn du nun ohne Scheu dich siehst, wie du noch bist
und dann den Bogen spannst zu deiner Herrlichkeit,
wirst du erkennen, was noch zu entfalten ist,
was reifen muß hinein in Meine Ewigkeit.

Die Gnade ist dir wohl gewiß bei deinem Müh'n,
der Christusgeist in dir, Er wartet still auf dich;
doch die Entscheidung: Heimwärts, Vater, will ich zieh'n -
triffst du allein, bewußt, in Freiheit willentlich.

Gibst du dein Ja, erfährst du, wie Mein Geist dich führt,
wie er dich wachsen lehrt, dir zeigt, was dir noch fehlt,
wie er verborg'ne Saiten nach und nach berührt,
wie jeder Sieg, den du erringst, die Seele stählt.

Was dir begegnet - *alles* - kommt, damit du reifst.
Du zahlst ja ohnehin mit dem, was dir geschenkt.
Der Preis ist nie zu hoch, Mein Kind, wenn du begreifst,
daß alles, was du hingibst, deine Schritte lenkt.

*

Wie kannst du glauben, alles sei gut?

Wie kannst du sehen,
doch nicht verstehen?
Wie kannst du leben,
ohne zu streben?
Wie kannst du glauben, alles sei gut?

Wie kannst du frei sein,
und doch dabei sein,
wenn sie Ihn nennen
und doch nicht kennen?
Du schläfst, Geliebter, sei auf der Hut.

Wie kannst du klagen,
ohne zu fragen:
Sind diese Taten
Frucht meiner Saaten?
Du weißt, das Schicksal fordert Tribut.

Wie kannst du bauen,
auf Ihn vertrauen,
wenn du die alten
Träume willst halten?
Du schließt die Augen. Fehlt dir der Mut?

Wie kannst du sinken,
kannst du ertrinken,
hält Er deine Hand?
Hast du Ihn erkannt?
Dann lodert erneut ewige Glut.

Herz, erzähl' von deinem großen Glück

Heiland meiner Seele,
Heiland, den ich wähle,
der die Wunden meiner Kämpfe pflegt.
Still in Deinen Armen
trägt mich Dein Erbarmen,
das sich sanft und schützend um mich legt.

Ruhiger wird's im Herzen,
auch wenn ich die Schmerzen
spüre noch, die ich mir zugefügt,
weil im eig'nen Wollen
ich des Schicksals Grollen
übersah. Und nun bin ich besiegt.

Deiner Hände Stärke,
Deiner Liebe Werke,
alles wird für jeden offenbar.
Denn des Himmels Walten
kann kein Dunkel halten,
und Du löst, was selbst-gebunden war.

Heiland meiner Seele,
Heiland, den ich wähle,
Du gehst mit mir auf dem Weg zurück.
In den schweren Tagen
werde ich getragen.
Herz, erzähl' von deinem großen Glück.

Wie oft, Mein Kind, war Ich verkannt

Wie oft, Mein Kind, war Ich verkannt,
verspottet von der Priester Schar.
Wie ward Ich lügnerisch genannt,
weil man den Geist nicht in Mir fand,
der doch in Meinen Worten war.

Sie wußten nicht, was sie Mir taten,
das Dunkel trübte ihren Blick.
Und als sie ängstlich sich Mir nahten,
wohl wissend, daß man Mich verraten,
da wich Ich keinen Schritt zurück.

Mein Wort war klar, Mein Herz war rein,
Ich wußte, daß nicht sie es sind.
Sie ließen nur die Schatten ein
und mußten dann die Knechte sein,
weil sie vorübergehend blind.

Ich schwieg. Was sollte Ich auch sagen?
Was soll durch Worte recht gemacht
und besser werden und getragen,
was keine Antwort will auf Fragen,
die nicht ein helles Herz erdacht?

Ich wußte, daß Mein Sinnen gut.
So war Ich still und nahm die Kraft.
Sie stärkte Meinen Geist und Mut
und tat, was Liebe immer tut,
seitdem sie wirkt und ewig schafft:

Sie schloß in ihre Größe ein,
was sie bedrängt, verfolgt, verletzt,
nichts kann in dieser Liebe Mein
auf Dauer falsch und irrend sein.
Und du, Mein Kind, verstehst du jetzt?

*

Ich Bin der Freund an deiner Seite

Noch schaust du Mich nicht, und noch scheine Ich weit,
und so fühlst du als Mensch dich alleine.
So manches Mal macht sich die Einsamkeit breit,
und du siehst auf dem Weg nur die Steine.

Du fragst und du suchst und dein Herz macht sich auf,
denn es ahnt schon die strahlenden Weiten.
Die Freiheit ersehnend bestimmt es den Lauf
deiner Straße in künftigen Zeiten.

Der Christus in dir, der dich stützt und dich hält,
ist des Vaters unendliche Liebe.
Ich Bin diese Kraft, und Ich kam in die Welt,
zu erhellen, was blind war und trübe.

Nicht einer, der ging seinen Weg ohne Mich -
da Ich niemals die Meinen verlasse!
In lichtvoller Stärke begleite Ich dich,
daß die Liebe dich schützend umfasse.

Ich Bin so der beste und treueste Freund,
einen besseren wird es nie geben.
Ich gehe mit dir, bis der Himmel uns eint,
denn Ich Bin und Ich bleibe dein Leben.

Unvermittelt begann das Licht. *Du kommst ohne die Gnade Gottes nicht zu Ihm zurück. Keinem gelingt dies. Das bedeutet aber nicht, daß allein die Gnade - auch nicht der Glaube - dir in den Himmel verhilft. Die Gnade Gottes ist die Kraft der Liebe. Sie steht jedem zur Verfügung. Inwieweit er sie in Anspruch nimmt, bestimmt jeder selbst mit seinem freien Willen.*

„Kraft bedeutet Energie, Bewegung, es tut sich etwas ..."

Göttliche Energie ist dir bei der Bewältigung deiner Aufgaben behilflich. Aber sie löst sie nicht für dich.

Ich verstand. „Sonst wäre das wie ein Lehrer, der die Aufgaben der Schüler selbst macht, anstatt ihnen alle Hilfen zu geben, die sie in die Lage versetzen, eigene Lernschritte zu machen und eigene Erfolgserlebnisse zu haben."

Ja. Bleiben wir bei deinem Beispiel. Ein Schüler, der vorankommen will, der sich freiwillig für die Schule entschieden hat, tut dies ja deshalb, weil er an Wissen erwerben und an Erfahrungen dazugewinnen möchte, was ihm noch fehlt. Ein guter Lehrer wird jeden positiven Ansatz seines Schülers freudig unterstützen ...

„ ... und einen liebevolleren Lehrer mit größerer Geduld und umfangreicheren Lernhilfen als Gott bzw. Christus in mir gibt es nicht." Ich hatte dies selbst erlebt, nicht nur einmal. „Wird einem die Arbeit abgenommen, kann dies zur Stagnation führen, zu der falschen Selbsteinschätzung, etwas schon zu können, das man doch nur theoretisch weiß - wenn überhaupt."

Andererseits nimmt die Liebe Gottes, das heißt in diesem Fall die Gnade, dir das ab, was du bei deiner Reife nicht unbedingt zu bewältigen brauchst. Sie nimmt von deinen Schultern, was dich auf deinem Weg unnötig drücken würde. Sie löst das auf, was du nicht tragen mußt.

„Was aber dann verbleibt, das muß ich bearbeiten. - Du weißt schon, wie ich das mit dem 'muß' meine", sagte ich noch, obwohl diese Ergänzung meinem Licht gegenüber bestimmt überflüssig war.

Was erforderlich ist zur Erkenntnis, zum Lichterwerden deiner Seele, das wird dein Christus mit dir bearbeiten. Das ist deine Erdenschule. Der Rest wird erlasssen, aufgelöst. Das ist die Gnade.

Es fiel mir auf einmal nicht mehr schwer, die Logik unserer Gedankengänge im ganzen zu erkennen. So gesehen bekamen nämlich Glaube und Gnade ein anderes Gewicht. Kein leichteres, denn beide waren und sind für die Heimkehr unerläßlich. Aber es gehörte ein weiteres dazu: Das Tun, das sich aus der Entscheidung für Gott, für die Himmel, ableitet.

Wieder kam mir *Ephides* in den Sinn, bei dem es heißt:

Der Glaube ist kein Ruhn,
der Glaube ist ein Tun ... [2)]

„Glauben und Tun schließen sich demnach nicht aus", sagte ich.

Sie schließen sich nicht nur nicht aus; man kann sagen, sie bedingen einander.

Ich dachte, daß das aber viele Menschen anders sehen würden.

Wieder einmal hatte ich die Rechnung ohne die Fähigkeiten meines Lichtes gemacht. Es antwortete mir auch ohne mein gesprochenes Wort.

Hilft dir persönlich weiter, was andere denken, was sie tun oder nicht?

Es hatte mir noch nie weitergeholfen, das wußte ich. Mußte ich es auch sagen? Oder reichte es, wenn ich es gedanklich zugab?

Es reichte.

Gott erwartet nichts. Er erwartet also auch nicht, daß alle Seine Kinder Seinen Lehren sofort folgen. Ein Blick in die Vergangenheit zeigt dir, wie die Menschen es halten.

Wenn Er nichts erwartet - meinst du, das könnte dir zum Vorbild dienen?

„Getroffen", dachte ich und sagte: „Ja, ich will es versuchen."

---

2) wie 1)

In mitternächtlich stiller Stunde

In mitternächtlich stiller Stunde
da tritt ein Engel vor mich hin,
und ich vernehm' aus seinem Munde
der Liebe tief verborg'nen Sinn:

Dir scheint es so, als wird auf Erden
zur Ewigkeit ein Augenblick,
wenn du erfährst, geliebt zu werden.
Doch dies ist nur das zweite Glück. -

Ich höre staunend, und ich frage
den Himmelsboten, flammengleich,
daß er mir das Geheimnis sage,
wie ich das erste Glück erreich'.

Da senkt er seine Feuerstrahlen
in mich hinein, und er beginnt,
die Himmel in mir auszumalen,
auf daß ich eine Antwort find'.

Und tief in mir, ganz zart und leise,
da flüstert mir der Himmel zu
auf seine so vertraute Weise:
Das erste Glück heißt - liebe du.

Ich Bin das Gesetz, Ich Bin das Leben

Ich Bin das Gesetz, Ich Bin das Leben,
Ich Bin alles, wie du Mich auch heißt.
Ich Bin Liebe, Dienen, Schöpfen, Geben.
Alles werde Ich ins Licht erheben,
denn in allem lebt der gleiche Geist.

Eigenwille brach vor Ewigkeiten
Mein Gesetz, das unvergänglich gilt;
ließ vom eigenen Gesetz sich leiten,
floh des Himmels lichterfüllte Weiten
und erschuf sich selbst ein Weltenbild.

Seelendrängen will die Wahrheit finden,
weil Ich lockend ruf' in jedem Herz.
Dauernd kann kein einziger erblinden,
denn in seinen noch so tiefen Gründen
zeige Ich Mich ihm als Seelenschmerz.

Meine Liebe ist nicht zu besiegen,
alles löse Ich in Meinem Licht.
Meiner Güte wird sich jeder fügen,
und er wird in Meinen Arm sich schmiegen
und Mir schauen in Mein Angesicht.

Will dein Glaube dich in Fesseln halten,
mach dich frei - und zögere nicht bang.
Laß die Glut in dir nicht ganz erkalten,
fach' sie an, und laß uns neu gestalten.
Denn du bist von königlichem Rang.

Ich Bin das Gesetz für alle Zeiten,
und Ich rufe: Komm zurück zu Mir.
Streiche dein Gesetz, laß dich geleiten;
vor dir liegen deines Himmels Weiten.
Sie gehören - unermeßlich - dir.

Nur eine Wahrheit ist für alle Zeit

Nur eine Wahrheit ist für alle Zeit;
sie liegt im Urgrund aller Liebe, allen Seins.
Von einzigartiger Besonderheit
ist sie mit Gott, der Quelle allen Lebens, eins.

Kein Mensch noch Engel hat sie je erfaßt,
so tief ist sie, so unergründlich weit und groß.
Sie wäre dir und mir zu schwere Last;
sie ruht und bleibt in Ur, in ihres Schöpfers Schoß.

Und doch. So unveränderlich sie ist -
sie hat dennoch für jeden Menschen ein Gesicht
und ist für jeden zu versteh'n: Du bist,
sagt sie, ein Kind der Liebe auf dem Weg ins Licht.

Der Teil der Wahrheit war dir niemals fremd.
Wenn du ihn annimmst und vertiefst, was er dich lehrt,
wenn sich kein Wollen mehr entgegenstemmt,
erschließt sich mehr und mehr sein grenzenloser Wert.

Nimm dir, geliebtes Kind, für Mich ein wenig Zeit
- Wenn dich dein Gegenüber also etwas lehrt -

Nimm dir, geliebtes Kind, für Mich ein wenig Zeit,
setz dich zu Mir, und laß uns überlegen.
Du brauchst nichts tun, doch sei bereit;
dann kann Mein großer Geist sich in dir regen.

Du sagst, das richtige Verzeihen fällt dir schwer,
du möchtest zwar ... vielleicht ... doch andrerseits auch nicht.
Hast du denn nie bedacht, wie leicht dein Leben wär',
wenn dich nicht mehr der Stachel deines Haderns sticht?

Du hast gelernt, daß das, was dir als Zufall scheint,
nie Zufall ist im Sinne, so wie man ihn nennt.
Und nichts von dem, was dir begegnet, ist dir Feind;
denn alles dient dem Zweck, den deine Seele kennt.

Ob du dich führen läßt von Mir, dem großen Geist,
ob du geschoben wirst im eigenen Gesetz,
ob du von Seelenschuld und von Erlösung weißt:
Du lebst in einem - deinem - unsichtbaren Netz.

Denn so ist es in Meiner Weisheit angelegt,
daß jede Seele ständig zur Entwicklung drängt.
Darum ist kein Geschick und nichts, was dich bewegt,
kein Mensch auf dieser Welt, kein Böses, das dich fängt,

kein Wort, das Ich nicht zuließ, das als Wahrheit dient,
damit du, so du magst, auch dich darin erlebst
und siehst, was schon gelöst ist, was noch ungesühnt,
und keine neuen Knoten deines Netzes webst.

Wer oder was dir daher trat in deinen Weg:
Es war für dich! Drum fiel es keinem and'ren zu.
Hast du Humor? Dann sieh es an als Privileg,
und danke, lerne draus, entscheide dich und tu.

Wenn dich dein Gegenüber also etwas lehrt -
willst du ihm da für deinen Fortschritt böse sein?
Aus einer solchen Sicht ist Hadern ohne Wert.
So frage dich: Wem also muß ich was verzeih'n?

PS:
Du zögerst immer noch, Mein Kind? Du weißt nicht recht?
Dann dreh', wie du es sagst, den Spieß doch einfach um:
Wer noch in Streit und Zwietracht weiterleben möcht' -
hat dessen Herz erkannt: wofür, wieso, warum?

*

Erhebe dich, du liegst im Staub der Erde

Erwache, Mensch, erkenne deine Bande,
erwache und begreife, wer du bist!
Durchschaue, wer dich hält, mit welcher Schande
er deine Seele prägt, daß du vergißt.

Erhebe dich, du liegst im Staub der Erde
und merkst es kaum. Darum Mein Vaterwort.
Du bist, wie alle, aus der einen Herde,
und keinen lasse Ich für immer fort.

Ersticke nicht in dir Mein heil'ges Drängen,
erlaube deinem Herz, daß es sich regt.
Und lausche, sei es zögernd, den Gesängen
der großen Liebe, die dich zeitlos trägt.

Erhebe deinen Blick zu Himmelsweiten,
wenn sie auch unerkannt noch in dir sind.
Entscheide dich. Ich will die Arme breiten,
die dich empfangen, wenn du heimkommst, Kind.

Etwas gab mir mein Licht noch mit. Wir hatten lange Zeit „zusammengesessen“, einfach so. „Wie zwei gute Freunde“, dachte ich oft bei unseren gemeinsamen Stunden, korrigierte mich dann aber meistens. „Freunde“ war nicht ganz das richtige Wort. „Wie zwei Brüder, die sich lieben“, war schon treffender, doch auch dabei fehlte etwas.

Es war dieses Vertrautsein, das Füreinander und Miteinander, das Gefühl des Zusammengehörens und die Nachsicht und grenzenlose Toleranz von seiten meines Lichtes - es war etwas, das ich nur fühlen, aber mit Worten nicht beschreiben konnte. Es war Liebe.

Was es mir noch mitgab?

Du weißt um die Erlösung, hatte es gesagt. *Wenn dir deine Schritte auf dem Weg zu Gott manchmal zu schwer erscheinen und du dich lieber auf das Terrain „Erlösung durch den Glauben“ zurückziehen möchtest, so ist das zwar menschlich verständlich, aber es stellt auch eine Versuchung dar. Ja, sogar eine Gefahr.*

Ihr sagt, „Christus hat den Himmel für uns Menschen wieder aufgeschlossen“.

Eine kleine Pause folgte, die ich für die Frage nutzte: „Ist das falsch?“

Nein, Er hat das Tor zu den Himmeln - bildhaft gesprochen - wieder aufgeschlossen. Doch das ist nicht die ganze Wahrheit. Der fehlende Teil lautet:

Hindurchgehen mußt du selbst. Jeder muß es tun.

„Hilfst du mir dabei?“ fragte ich, obwohl ich die Antwort schon kannte. Aber es war schön, sie ab und zu einmal zu hören.

Ich auch.

Und dann hüllten mich Liebestrahlen ein, denen ich mich einfach nur hingab.

*

Ein kleiner Stein bist du in Meinem Mosaik

Ein kleiner Stein bist du in Meinem Mosaik
und dennoch so unendlich wichtig Mir!
Denn wärest du, geliebter Freund, nicht hier,
wo du jetzt bist und fehltest einen Augenblick,

und sei es auch nur einen einz'gen Herzschlag lang -
weil du dir einen and'ren Platz erträumst
und glaubst, es sei so viel, was du versäumst,
und wenig Schönes sei, was dir dein Leben sang:

Wär' dann Mein Weltenbild noch ohne Fehl und Tadel?
Wo wäre der Unendlichkeiten Glanz,
des Lichtes und der Farben ew'ger Tanz,
wenn du mit deiner Seele königlichem Adel

Mir fehltest dort, wo Ich dir deinen Platz gezeigt?
Ein jeder Stein, und scheint er noch so klein,
mag er geschliffen oder eckig sein,
hat sich vor Mir als seinem Schöpfer einst geneigt

und dankbar angenommen, was Ich ihm geschenkt.
So ward das Bild Gestalt aus Meiner Hand:
Der Meere Blau, der Sonnen gold'ner Brand,
der Sterne Wege, die Mein lichter Atem lenkt,

und Meiner Kinder Freude, die Mein Leben ist,
die Melodie, die Meine Himmel füllt,
und die auch deiner Seele Sehnen stillt,
auf daß auch du erfährst, daß du die Liebe bist.

Dies Bild ist Mein, von königlicher Poesie.
Du kennst nun deinen Platz. Komm, nimm ihn ein
und sei! So soll ein Mosaik es sein,
auf ewig offenbarend Meine Harmonie.

*

Für meinen Vater

Geliebter Vater, ewig hehres Licht.
Ich knie vor Dir in meinem inneren Altar,
in dem das Wort der Liebe zu mir spricht,
das oft von mir geschmäht und dennoch immer war.

Ich trete nicht als Bettler vor dich hin,
denn Du hast mich geschaut in Herrlichkeit und Macht.
Ich weiß nun, daß ein Königskind ich bin,
das viele Jahre in der Fremde zugebracht.

Doch nicht allein in mir brennt Deine Glut -
nicht einer ist, der nicht Dein Liebesiegel trägt!
Wo er auch sei, und was er immer tut,
sein Königtum ist seiner Seele eingeprägt.

Du lehrtest mich: So richte deinen Blick
zwar auf die Schwäche, wenn du fehlst, doch zög're nicht
und komm zu Mir und schaue nicht zurück,
denn vor dir liegt - mit Meiner Kraft - der Weg ins Licht.

Ich mußte nichts erheischen, nichts erfleh'n,
Dir reichte, wenn ich reuig meinen Kopf geneigt.
Und fiel ich, half Dein Arm mir aufzusteh'n;
ja, g'rade dann hast Du Dich tief zu mir gebeugt.

Ich lernte, selbst zu schauen und zu geh'n,
ein freies Kind - und doch an deiner lieben Hand.
Du gabst mir, was ich brauchte, um zu seh'n,
bis daß ich schließlich Dich in meinem Herzen fand.

Du siehst mich dankbar steh'n vor Deinem Thron;
auf eines, Vater, will ich mich mit allen freu'n:
Der Tag, da jede Tochter, jeder Sohn
Dich in sich selber findet, wird der größte sein.

*

Ein Wort zum Schluß ...

Sie haben soeben ein Buch gelesen, das von einer Liebe handelt, die für uns nicht faßbar ist - von der Liebe Gottes, so groß, so barmherzig, so unendlich und ewig, daß sie jedes menschliche Vorstellungsvermögen übersteigt.

Dennoch ist es gut, und tut es gut, von dieser Liebe zu wissen, sich ihr anzuvertrauen, sich von ihr führen zu lassen, vielleicht sogar bewußt mit ihr zu leben. Diese Liebe ist möglicherweise ganz anders, als Sie bisher dachten, als man es Ihnen in der Vergangenheit nahegebracht hat. Das sollte Sie - wenn es so wäre - jedoch nicht verunsichern und Sie auch nicht davon abhalten, sich mit dieser für Sie neuen Sicht eines himmlischen Vaters auseinanderzusetzen. Und sich, wenn Sie es möchten, mit ihr vertraut zu machen.

Sie werden feststellen, daß diese göttliche Vaterliebe weder straft noch Verderben schickt noch eine ewige Höllenstrafe für ihre Kinder bereithält. Eine solche Erkenntnis kann das bisherige Denken auf den Kopf stellen. Damit tauchen gleichzeitig viele Fragen auf, die dieses Buch nicht beantwortet. Das war auch, in diesem Rahmen, nicht die Absicht.

Es gibt jedoch vom gleichen Autor ein Buch - wenn man so will als „Vorgänger" -, das sich damit auseinandersetzt und Antworten gibt. Es handelt sich um den Roman

Alles endet im Licht - Die Suche nach der Wahrheit.

Er spielt mitten im Leben, Menschen „wie du und ich" begegnen sich und lernen voneinander. Wie die Hauptperson, so können auch Sie sich durch DAS LICHT, eine nächtliche Erscheinung, von Gedanke zu Gedanke, von Folgerung zu Folgerung führen lassen - bis hin zu einem überraschenden Höhepunkt tiefer, vertrauender Liebe. Es ist DAS LICHT, das Sie auch in den Zwischentexten des vorliegenden Buches kennengelernt haben.

Alles endet im Licht wendet sich an die - unzähligen - Menschen, die sich in dieser Zeit des geistigen Umbruchs nicht mehr mit unbefriedigenden und längst überholten Antworten abspeisen lassen. Es hilft denjenigen, die bereit sind mitzudenken, *ihren Verstand zu gebrauchen* und vor allem *ihr Herz zu entwickeln.*

Und es vermittelt eine der wichtigsten Wahrheiten, die unaufhaltsam durchbricht:

Gott ist die Liebe, Er wohnt in dir,
und jeder wird zu Ihm zurückfinden.

Es gibt nur einen Sinn unseres Lebens, nur ein Ziel unseres ewigen Daseins, nur eine Liebe, die - ohne Ausnahme - alle wieder zu sich zurückholt. Davon erzählt ***Alles endet im Licht - Die Suche nach der Wahrheit.***

DAS LICHT: *Wenn du weißt, daß dein wahres Wesen Geist ist, dann weißt du auch, daß diese Erde weder dein ursprüngliches noch dein endgültiges Zuhause ist.*

Du warst nie allein. Gott läßt keines Seiner Kinder allein. Es gab nie einen Augenblick - und es wird nie einen geben -, in dem du dir selbst überlassen bist. Weder du noch irgendein Mensch.

Es gibt nur e i n e Richtschnur, um sich dem Licht der Himmel wieder zu nähern. Was darüber hinaus angeboten, gelehrt, dogmatisch vorgeschrieben und als zwingend notwendig angepriesen wird, lenkt vom Kern der Wahrheit ab.

Denn die Wahrheit heißt „liebe“. Sonst nichts.

Wenn Sie interessiert sind, finden Sie mehr in:

Alles endet im Licht - Die Suche nach der Wahrheit
192 S. - DM 19,80 - ISBN 3-00-002287-2